Ullstein

ÜBER DAS BUCH

Jost von Warberg fungiert als Troubleshooter eines großen Berliner Touristikunternehmens. Sein neuester Auftrag führt ihn ins türkische Antalya, wo ein von seiner Firma gecharterter Bus in eine Antiterroristenrazzia geraten ist. Bei der Durchsuchung wurde eine große Menge Heroin gefunden. Warberg versucht zu regeln, was zu regeln ist, und handelt sich dabei mehr Probleme ein, als ihm lieb ist. Das bekommt er auch zu spüren, als er nach Kaş weiterfährt, um sich mit dem künftigen Manager einer im Bau befindlichen Bungalowanlage zu treffen. Über Ali Ökan lernt er einen schwerreichen dänischen Fischfabrikbesitzer und Teppichsammler kennen, der mitnichten nur auf alte Kelims spezialisiert ist. Als Warberg, der mit Magnussons Tochter einen heftigen Flirt beginnt, sich für dessen weiter reichende Connections zu interessieren beginnt, gleicht dies einem Stich in ein höllisches Wespennest ...

ÜBER DEN AUTOR

Jürgen Ebertowski, 1949 in Berlin geboren, studierte Japanologie und Sinologie. Er arbeitete als Deutschlehrer am Goethe-Institut in Tokio. 1982 kehrte er nach Berlin zurück, wo er an der Hochschule der Künste Bewegung und Kampfsport lehrte. Mitten in Kreuzberg unterhält er eine Aikido-Schule. Jürgen Ebertowski gilt als einer der Erfolgreichsten unter den deutschsprachigen Krimiautoren. Bei Ullstein erschienen bisher: »Berlin Oranienplatz« und »Esbeck und Mondrian«.

Jürgen Ebertowski

Kelim-Connection

Krimi

Ullstein Gelbe Reihe

Ullstein Buchverlage GmbH & Co. KG,
Berlin
Taschenbuchnummer: 24374
Originalausgabe
Juli 1998

Umschlaggestaltung:
Vera Bauer
Foto:
The Image Bank

Printed in Germany 1998
Gesamtherstellung:
Ebner Ulm
ISBN 3-548-24374-6

Gedruckt auf alterungsbeständigem
Papier mit chlorfrei gebleichtem
Zellstoff

Die Deutsche Bibliothek
CIP-Einheitsaufnahme

Ebertowski, Jürgen:
Kelim-Connection : Krimi /
Jürgen Ebertowski. –
Orig.-Ausgabe. –
Berlin : Ullstein, 1998
(Ulstein-Buch ; Nr. 24374)
ISBN 3-548-24374-6

Die Kelim-Connection ist
Mohammed Ali Doukkali
und meinen Trainingspartnern
von AIKIKAN BERLIN gewidmet

Sleep with one eye
open if you slumber
Bob Dylan

Who's who

J*ost von Warberg,* lebens-, leidens- und liebeserfahren, verliebt sich in Kaş.

Ali Ökan genießt überall, ohne sich ernstlich zu verlieben.

Edda Hansen ist nur eine von Alis Gespielinnen.

Tron Furu in Oslo mag bestimmte Japaner nicht.

Doktor Petra Rönneburg hat ein schlechtes Personengedächtnis.

Ihr Kollege, *Professor Nico Müller,* hat ein zu gutes Personengedächtnis.

Heribert Neumann-Lechner leitet das internationale Touristikunternehmen ILT in Berlin, unterstützt von *Frau Hellinger,* seiner Chefsekretärin.

Direktor Yasunari Fujita kauft sich im Namen eines japanischen Mischkonzerns weltweit in Firmen ein.

Herr Suzuki stellt Jost von Warberg eine gefährliche Frage.

Olaf Magnussen (O. M.) sammelt Kelims und Immobilien.

Livia Magnussen ist seine Tochter.

Mustafa Almür dolmetscht und reist viel umher.

Aras Yilmaz ist ein Mann mit vielen Facetten.

Yussuf betreibt das beste Restaurant am Platz.

Ünal Öztürk verkauft Teppiche und verbreitet Gerüchte.

Howard Willmore Holden besitzt einen zweifelhaften Ruf.

Klaus Esbeck und *Andreas Hofmann* reisen mit einem delikaten Auftrag nach Japan.

Direktor Teasdale vom *Hotel Adlon* kann nichts aus der Ruhe bringen.

Olaf Røddinges Dackel Trine bellt nur selten, dann aber ausdauernd.

Sigmund Bach (Pfeifenraucher) und *Sven Horne* (Literaturliebhaber), beide von der dänischen Polizei, gehen durchaus phantasievoll ans Werk.

1 Haus Havelblick I

Ich habe den Stationsarzt gebeten, nach Einbruch der Dunkelheit niemanden außer meinem Freund Ali zu mir aufs Zimmer zu lassen.

»Wie Sie wünschen, Herr von Warberg. Ich werde Ihre Bitte an den Pförtner weiterleiten.«

Ali hat die Privatklinik an der Havel ausgewählt. Professor Schröter, der medizinische Leiter, ist ein anerkannter Spezialist für obskure Infektionskrankheiten. Das gab den Ausschlag, denn eigentlich ist die Jugendstilvilla auf dem gepflegten Wassergrundstück weniger ein Krankenhaus, sondern mehr eine Kureinrichtung für Betuchte. Auf Wunsch schiebt mich einer der Pfleger stundenlang im Rollstuhl durch das parkähnliche Anwesen.

Der russische Bankier, dem ich heute früh begegnet bin, scheint seine Leber zu regenerieren. Er trank im Gehen schlückchenweise Heilwasser einer einschlägigen Marke. Wenn ein stiernackiger Russe von der Statur eines Schwergewichtsboxers Heilwasser trinkt, sollte es die Leber sein.

»Und wer kommt für die Kosten auf?«

»Mach dir keinen Kopf, Jost. ILT hat uns ja bestens versichert.«

ILT ist das Kürzel von International Luxus Tours, einem weltweiten Reiseveranstalter mit Hauptsitz in Berlin. Die Arbeit dort kann zeitweilig zur reinsten Schinderei ausarten, aber das Salär und die soziale Absicherung – nicht bloß die der Führungskräfte – sind hervorragend.

Ali meint, das Personal im *Haus Havelblick* sei zuverlässig, außerdem gäbe es rund um die Uhr einen Wachdienst. Ich bleibe skeptisch, weil Geldbeträge ab einer gewissen Größenordnung überall auf der Welt Erstaunliches bewirken können – wir von ILT sind da nicht ganz unerfahren.

Wer immer mir Botulismus, eine tückische, seltene Lebensmittelvergiftung, angehext hat und mich halb betäubt am Limfjord in das Fischzuchtbecken mit den *loups de mer* stoßen wollte, litt keinen Mangel an Fantasie. Und wo ein Wille ist, findet sich bekanntlich auch stets ein Weg. – Ich behalte deshalb tagsüber die Zimmertür aufmerksam im Auge.

Nachts habe ich wenig zu befürchten. Rings ums Haus sind Bewegungsmelder auf dem hohen Zaun installiert, und außer den privaten Wachschutzleuten laufen zwei Polizisten mit Hunden Streife. Natürlich nicht meinetwegen. Im Nachbarzimmer liegt ein arabischer Potentat, dessen rebellierende Untertanen keine Sekunde zögern würden, ihn eigenhändig zu häuten oder zu vierteilen. – Wenn man also einen neuen Versuch unternimmt, mich ins Jenseits zu befördern, wird man es geräuscharm arrangieren müssen, denn die beiden anderen Polizisten auf dem Gang nehmen ihren Job ernst. Die Landeskinder des Scheichs sind für fantasievolle Selbstmordkommandos berüchtigt. *Alla hu akbar* und *Peng!*

Der Fahrstuhl am Flurende hält an. Mit der Zeit habe ich gelernt, die Ärzte und Pfleger an ihren Schritten zu unterscheiden.

Andreas, der Hauptpfleger, tritt energisch mit den Hacken auf, Professor Schröter trippelt, und Doktor Nowak schlurft in seinen Birkenstock-Sandalen.

Ich höre, wie sich die Fahrstuhltür schließt, dann werden Füße über den Flur gezogen, wie ich es nur von Japanern kenne. Ich lege den Schnellhefter mit der Kopie meiner Aufzeichnungen in die Nachttischschublade. Das Original ist bei Alis Anwalt deponiert.

Noch bevor Doktor Nowak anklopft, entsichere ich die Pistole unter der Bettdecke. Nach allem, was vorgefallen ist, kann es kaum schaden, vorsichtig zu sein.

»Herein!«

Die Klinke wird behutsam heruntergedrückt. Doktor Nowak legt ein Spritzenbesteck und eine durchsichtige Ampulle mit blaßrosa Inhalt auf meinen Nachttisch. Er ist ein freundlicher, aber etwas wortkarger Mensch, der leicht abwesend wirkt. »Links?« Er zieht ein elastisches Band aus seiner Kitteltasche.

»Ja, bitte.« Ich lege den Arm auf die Bettdecke, damit er ihn abbinden kann. Als er den Ampullenhals mit einer Art Nagelfeile absägt, richte ich mich in Zeitlupe mit dem Oberkörper auf.

»Und? Wie fühlen Sie sich heute?« Doktor Nowak steckt die Injektionsnadel in die blaßrosa Flüssigkeit und zieht die Spritze auf.

»Mit den Beinen geht es so lala.« Ich halte ihm meine Ellenbogenbeuge hin.

Er führt die Injektionsnadel vor seine dicken Brillengläser. Eine Minifontäne spritzt empor. »Was macht das taube Gefühl in den Armen?« Er tastet die Vene ab und desinfiziert die Einstichstelle mit einem Wattebausch.

»Unverändert«, sage ich, aber es ist eine Lüge. Das Medikament, das mir Professor Schröter seit einer Woche verabreichen läßt, hat bereits gut angeschlagen. Die Taubheit in den Armen ist fast verschwunden, und die Beine fangen an, zögerlich meinem Willen zu gehorchen.

Aber das muß vorerst niemand wissen. Besser lasse ich die Welt im Glauben, ich könne ohne Hilfe der Pfleger nicht aufstehen.

»Jeder reagiert anders auf die Behandlung«, sagt Doktor Nowak. Die Kanülenspitze verschwindet in der Vene. »Nur Geduld! Ich bin jedenfalls felsenfest davon überzeugt, daß sich die Lähmungserscheinungen schon bald völlig zurückbilden werden.«

Ich nicke matt und lasse mich in die Kissen fallen. Nachdem Doktor Nowak mir eine gute Nacht gewünscht und das Zimmer verlassen hat, warte ich, bis der Fahrstuhl anfährt, schlage die Bettdecke zurück und sichere die Pistole.

Es kommt mir wie eine Ewigkeit vor, bis ich endlich neben dem Bett stehe. Ich schlüpfe in meinen Morgenmantel und lasse die Pistole in die Tasche gleiten. Für die zwei Meter zum Fenster brauche ich zwei Minuten, aber es geht wieder ohne Krücken. Gestern waren es noch fünf Minuten.

Ich trete ans Fenster. Auf einem polnischen Schleppkahn flattert Wäsche. Die Polizeihunde scheuchen eine Entenfamilie die Uferböschung hinunter. Der Himmel bewölkt sich.

Das Sanatorium liegt auf einer kleinen, bewaldeten Anhöhe an der Havel. Die Berliner sprechen von einem Berg. Mein Zimmer im ersten Stock ist geschmackvoll möbliert. Über einem zierlichen Biedermeier-Sekretär hängt eine hochwertige Reproduktion von Mondrians *Wald bei Oele*. Zwischen zwei Klubsesseln steht ein Designer-Beistelltisch mit einer Platte aus geschliffenem Rauchglas.

Gegen die Fensterscheibe klatschen jetzt dicke Regentropfen. Der gerühmte Wonnemonat Mai ist dieses Jahr alles andere als mild. Aber kaum zeigt sich ein Sonnenstrahl, schon belebt sich die Wasserfläche mit Ruderbooten, Luftmatratzen und Segelschiffen. Die Berliner sind Wasserratten. Im Mittelmeer würden bei diesen Temperaturen allerhöchstens ein paar verrückte Engländer mit freiem Oberkörper paddeln.

Eine Frau hängt die Wäsche auf dem Schleppkahn ab. Am gegenüberliegenden Ufer hat ein Patrouillenboot der Wasserschutzpolizei festgemacht. Seit der Araber im Sanatorium ist, sehe ich den Miniaturkreuzer häufiger. Ich muß Ali bitten, mir ein Fernglas zu besorgen.

Wenn abends der Nebel über die Havel kriecht, erinnert mich das Panorama an den Blick aus Livias Zimmer in dem Magnussenschen Landhaus am Limfjord. Professor Schröter ist wie Livias Vater ein Orientteppichliebhaber. Ich stehe auf einem Kelim, vor dem Bett liegt ein Seiden-Ghom, unter der Sitzgruppe ein Drachen-Teppich aus dem Schirwan-Gebiet. Ali hat die Teppiche begutachtet und meint, sie wären ein kleines Vermögen wert. Bei dem Kelim handelt es sich um einen seltenen Schlitzkelim, vermutlich aus der Region Malatya in Ostanatolien. Jeder, der länger mit den Magnussens bekannt ist, mutiert automatisch zu einem Kelim-Sachverständigen.

Eine Glastür führt auf die Veranda. Ali hat eine Videokamera zwischen den Zierbambusstauden versteckt. Selbst der Hausarbeiter, der jeden Tag die Blumen gießt, hat sie nicht entdeckt.

Der Monitor der Kamera hängt im Badezimmer hinter dem Handtuchhalter. Wenn ich vor dem Handwaschbecken stehe und die Tür einen Spaltbreit auflasse, kann ich im Spiegel zusätzlich den Teil des Raums überblicken, den die Kamera nicht erfaßt. Der Monitor überwacht mein Bett, den Nachttisch und die Clubsessel mit dem Beistelltisch.

Es regnet sich ein. Über die Pfaueninsel schieben sich schwarze, tiefe Wolken.

Ich starre auf die Havel und sehe vor meinem geistigen Auge den Limfjord.

Ali sagt, es hätte auch geregnet, als er mich vor Magnussens Haus fand. Daran kann ich mich nicht mehr erinnern. Auf Livias Abschiedsparty haben wir alle viel getrunken. Mir ist irgendwann übel geworden, und ich ging nach draußen, um frische Luft zu schnappen. Es war bereits dunkel. Ich bin durch das Tannenwäldchen zum Fischzuchtbecken getorkelt. Auf der betonierten Bassinrampe habe ich mich gegen einen Eisenpfahl gelehnt. Die Rampe war glitschig, aber Betrunkene sollen ja zuweilen einen potenten Schutzengel besitzen. Alles begann sich in meinem Kopf zu drehen. Dann spürte ich zwei Hände auf meiner Schulter und erhielt kurz darauf einen heftigen Stoß. Instinktiv habe ich mich an dem Pfahl festgeklammert. Wer auch immer mir den Stoß verpaßte, hatte ihn auf der glitschigen Rampe falsch berechnet. Ein Schatten schoß an mir vorbei und platschte hinunter ins Bassin. Dann wurde mir vollends schwindlig. Das einzige, woran ich mich danach noch erinnern kann, ist der Kühlergrill meines Saab. Kurz bevor ich das Bewußtsein verlor, sah ich noch, wie Ali auf mich zugerannt kam.

»Du mußt auf allen vieren zum Haus zurückgekrochen sein, Jost. Dein Anzug sah aus wie Sau.«

Ich humpele ins Bad, schiebe das Badetuch zur Seite und schalte den Monitor ein. Der Regen beeinträchtigt die Bildqualität erfreulicherweise kaum. – Wieso kann ich mich an den Regen nicht erinnern? Ali sagt, es hätte regelrecht geschüttet.

»Und dann?«

»Dann habe ich dich zur Haustür getragen, aber es hat niemand aufgemacht. Zum Glück hattest du deine Autoschlüssel in der Jackentasche. Außer dem Saab waren alle Wagen weg. Ich habe dich kurzerhand auf die Rückbank gezerrt und bin mit dir ins nächste Dorf gefahren. Zehn Minuten später war der Rettungshubschrauber da. Ich habe dem Arzt gesagt, daß du gerade aus Marokko kommst. Daraufhin ist er mit dir ins Tropeninstitut nach Århus geflogen. Das war deine Rettung, Jost.«

Ich versuche mir nicht auszumalen, was passiert wäre, wenn Ali kein Fahrrad gefunden hätte und fünfzehn Minuten später eingetroffen wäre oder der Notarzt falsche Schlüsse aus meiner Alkoholfahne gezogen hätte.

»Ich habe noch Edda kurz informiert, was mit dir los ist, dann bin ich umgehend nach Århus gefahren und zu dir in die Wohnung gegangen. Dort habe ich ein paar Sachen zusammengepackt, von denen ich annahm, daß du sie im Krankenhaus brauchen könntest, Morgenmantel und Ähnliches. Als ich ins Wohnzimmer trat, um nach deiner Versicherungs-

karte zu suchen, kam mir sofort der Verdacht, daß schon jemand vor mir dagewesen sein mußte. Keine Spur von Vandalismus oder so, nein, das nicht: aber alle Schranktüren waren nur angelehnt – was ja nun ganz und gar nicht deine Art ist!«

Ali hatte richtig kombiniert, und ich hatte matt genickt.

Ich bin bekennender Pedant. Wenn man ein gewisses Alter erreicht hat, sollte man zu seinen Marotten stehen. Ich hasse heraushängende Schubladen, offene Schranktüren und unaufgeräumte Schreibtische. Livia hat sich oft über meine akkurat ausgerichteten Bücher amüsiert: »Ist das dein preußisches Erbgut, Jost?«

»Und wie ist dir aufgefallen, daß mein Timer gefehlt hat?«

Ali hatte gelächelt. *»Die Schublade von deinem Schreibtisch stand einen Spaltbreit offen.«*

Alle, die mich nur ein wenig kennen, wissen, daß dieser Timer eine Art zweites Gedächtnis für mich bedeutet hatte. Pedant bleibt Pedant, ich pflegte dem dicken ILT-Lederhefter auch private Telefonnummern anzuvertrauen – die von Klaus Esbeck zum Beispiel.

Meinen Feinden muß es langsam rätselhaft erscheinen, warum ich noch immer schweige. Sie ahnen nicht, daß ich darauf brenne, meinem Exekutor in die Augen zu schauen, denn ich will Gewißheit, und ich werde sie bald bekommen. Daß den Seewölfen ein Frischfutterleckerbissen entgangen ist, wird sich herumgesprochen haben. Die Personen, die im Besitz meines Terminplaners sind, dürfen eigentlich nicht länger säumig sein.

Ich schüttele mich. Es ist ein beklemmendes Gefühl, sich als Köder zu präsentieren, wenn nicht genau klar ist, wer die Falle umschleicht.

Der Regen trommelt gegen das Badezimmerfenster, aber die Videokamera arbeitet einwandfrei.

»Ein kleines Wunderwerk der Technik, Jost. Drahtlose

Übertragung. Der Akku muß bloß alle vierundzwanzig Stunden aufgeladen werden.«

Auf dem Monitor sehe ich das Telefon blinken. Ich schaffe die Strecke vom Bad zum Nachttisch in persönlicher Rekordzeit. Als ich den Hörer abhebe, bin ich durchgeschwitzt und außer Atem.

»Ja, bitte?«

»Alle Konferenzteilnehmer sind eingetroffen, Jost.« Alis Stimme ist ruhig wie stets.

»Wo bist du jetzt?«

»Im *Adlon* in der Lobby hinter der *Zeit* verschanzt – praktisches Format.«

Ich wische mir die Schweißtropfen mit dem Ärmel des Bademantels von der Stirn. »Livia?«

»Sie kam mit der Siebzehn-Uhr-Maschine aus New York und speist mit einem Schwarm von japanischen Kokubo-Managern im Restaurant.«

»Mustafa?«

»Mustafa ist auf seinem Zimmer.«

»Und Fujita?«

»Er sitzt an der Bar und unterhält sich mit Livias Vater und unserem Boß.«

Ich starre an die Zimmerdecke. Es ist also soweit: ILT wird vollständig von Kokubo aufgekauft werden. Welche Rolle spielt Magnussen, Livias Vater? Ein Gerücht geht um, daß er anstelle von Fujita die Firmenleitung übernehmen soll. Warum ausgerechnet er, der im Geld schwimmt?

Eine Gedichtzeile von Y. K. Ibart fällt mir ein: *The ceiling was ever so white.*

»Jost?«

»Schon gut, ich überlege! – Glaubst du, daß mich noch heute nacht jemand beehren wird?«

»Nein. In Tempelhof hat man drei vollbärtige Herren mit *Semtex* im Gepäck verhaftet. Offenbar hatten sie es auf deinen Scheich abgesehen. Die Polizei hat um das Sanatorium herum die Wachen verstärkt. – Die drei ausgebremsten Märtyrer waren wohl nur ein Vorauskommando.«

»Das sind ja wirklich reizende Perspektiven.«

Ali lacht. »Zumindest wird *dein* Killer nicht versuchen, dir eine Handgranate unter die Bettdecke zu schieben.«

»Sehr beruhigend, mein Lieber! Aber vielleicht braucht er das gar nicht mehr, wenn die ganze Klinik in die Luft gejagt wird.«

»Unsinn, Jost! An den Sicherheitsleuten unten in der Halle schmuggelt niemand auch nur eine Nagelschere vorbei.«

»So?« Ich schnaube verächtlich. »Liest du keine Zeitung, Ali? Selbst Rockerbanden in Schweden und Dänemark dezimieren sich neuerdings gegenseitig mit Raketenwerfern auf internationalen Flughäfen!«

»Quatsch! Schau mal bei Gelegenheit aus dem Fenster! Was da seine Runden um den Zaun dreht, sind Panzerwagen des Polizeipräsidenten.«

Ich seufze. »Schon gut, Ali. Dann kann ich ja mein Gute-Nacht-Gebet ausfallen lassen.«

Ali kichert. »Ob das klug ist? – Ich empfehle dir zumindest eine verkürzte Form, um auf der sicheren Seite bei *IHM* zu sein!«

»Und dieses aus dem Munde eines Atheisten!«

»Falsch, Jost. Ich bin kein Atheist. Ich bin durch und durch Pragmatiker, ein sunnitischer Pragmatiker allerdings. Mein Pragmatismus ist derart grenzenlos, daß er natürlich das Göttliche bei Bedarf mit einbezieht.«

»Deine Art, Trost zu spenden, ist wirklich sehr erquicklich.«

»Man tut halt, was man kann, um einen alten Freund aufzumuntern.«

»Besten Dank!« Ich gähne. Ali hat recht. Eine Rambo-Aktion ist wegen des Scheichs im Nachbarzimmer schlecht möglich. »Wann höre ich wieder von dir?«

»Morgen früh. Ich werde mich ab acht hier in der Lobby herumdrücken und dir Bescheid geben, sobald sich jemand rührt. Ich muß jetzt Schluß machen, Jost, mein Handy-Akku amselt ab.«

Es hat aufgehört zu regnen. Ich lösche die Nachttischlampe. Ein freudloser Mond spiegelt sich in der Havel. Ich schiebe die Pistole unter das Kopfkissen. Mein Gehirn rattert wie eine Festplatte, für die das Programm zu kompliziert ist, und ich schließe die Augen.

Nach einer Stunde gebe ich auf. Ich knipse das Licht wieder an und ziehe den Schnellhefter aus der Schublade.

2 Der Flug nach Antalya

Mein Abenteuer hatte in Oslo begonnen. Ich begutachtete für die ILT-Zentrale ein paar Objekte, die unser Skandinavien-Manager Tron Furu anmieten wollte. Eigentlich hatte ich einen freien Tag vor mir. Ich war gerade fest eingeschlafen, als es klingelte. Benommen tappte ich zur Haustür. Es war Tron, und trotz gehörigem Restalkohol ahnte ich, daß ich die Verabredung zum Skilanglauf mit ihm und seiner Frau Cathrine vermutlich in den Wind schreiben konnte.

»Ab in den sonnigen Süden mit dir, Kollege!«

»Was ist los?«

»Ärger in Antalya, ich habe schon ein Ticket für dich zurücklegen lassen.«

Bei ILT zu arbeiten ist lukrativ, verlangt aber von den Mitarbeitern jesuitischen Gehorsam, gepaart mit preußischem Pflichtbewußtsein. Höfliche Fragen sind von unserem Boß rein rhetorisch gemeint: »Herr von Warberg, wäre es Ihnen möglich, mit der nächsten Maschine nach Rom zu fliegen?« (So geschehen letzten Monat um vier Uhr früh in Casablanca.)

Wir verdienen unser Geld wahrlich nicht im Schlaf. Die ILT-Kunden sind anspruchsvoll. Wer es sich leisten kann, für eine Woche Davos bei einem Mitglied der deutschen Olympiamannschaft das Wedeln zu erlernen, und dieselbe Woche mit einem Kreativschreibkurs des Spiegel-Bestsellerautors Nummer eins kombinieren will, wird gut und gerne um den Gegenwert eines Wagens der gehobenen Mittelklasse ärmer.

Es gibt nichts, das ILT nicht arrangieren könnte. Ein Beispiel: Ein greiser japanischer Panzergeneral möchte die Schlachtfelder in Rußland besuchen? Kein Problem! ILT verpflichtet als Begleiter einen rüstigen Ex-Oberst der Roten Armee, Held der Sowjetunion, der in Stalingrad Adjutant von Marschall X war, beschafft Simultandolmetscher, Fahrer, Leibwächter und einen Sushi-Koch aus Osaka (General Tomiki ißt nur japanisch zubereitete Speisen).

Oder: Sie möchten in Erfahrung bringen, ob die Top-Manager, die Sie abwerben wollen, sich auch in extremen Situationen bewähren. ILT schlägt vor: Laden Sie die Damen und Herren zu einem Wintermarsch durch die norwegisch-schwedische Grenzlandschaft ein. Das Thermometer wird dort selten weniger als minus zwanzig Grad anzeigen. Dennoch könnten Sie die Abende stilvoll im großen Gemeinschaftszelt bei Champagner, Lachshäppchen und getrüffelten Perlhuhnbrüstchen ausklingen lassen. – Wo das Problem ist? Ich bitte Sie, CBH, catering by helicopter selbstredend! Herr Furu war Hubschrauberpilot bei der Küstenwache.

Wenn Sie also in einer intimen Gruppe die antiken Stätten der kleinasiatischen Mittelmeerküste besichtigen wollen und keine Lust haben, sich mit Autoverleihern, selbsternannten Lykien-Sachverständigen und Hoteliers herumzuärgern, dann empfehle ich Ihnen den VIP-Bus-Service mit promovierten Reisebegleitern und geschulten Hostessen. Die Chauffeure werden sich auch um Ihre persönliche Sicherheit kümmern. Alle unsere türkischen Fahrer waren Berufssoldaten in Anti-Terror-Einheiten und sind im Besitz eines Waffenscheins. Für Ihre Unterbringung haben wir entlang der Küste malerisch gelegene Landhäuser und Villen unter Vertrag. – *You'll get value for your money!*

Und sollte es trotzdem unvorhergesehene Probleme geben – mein Mitarbeiter Herr Ali Ökan sowie meine Wenigkeit stehen ständig abrufbereit, um Sie oder die Teamer zu unterstützen – rund um die Uhr, von Montag bis Montag, von Januar bis Januar.

Aus diesem Grund raste Tron auch im Kamikaze-Tempo die Karl Johann Gate in Richtung Flughafen Fornebu entlang.

Während erboste Autofahrer ihm ein Hupkonzert hinterherschickten, las ich noch einmal die Faxseiten, die mich um meinen freien Tag gebracht hatten.

Einer von unseren Luxuskleinbussen, ein nagelneuer Mercedes, war in Antalya in eine Straßenkontrolle geraten. Die Kappadokienreise einer zehnköpfigen Gruppe, überwiegend Skandinavier, war am Vortag zu Ende gegangen, und die Teilnehmer der Rundfahrt waren bereits abgereist. Am selben Tag hatte die PKK wieder einmal gebombt. Zeugen meinten, vor dem Anschlag einen verdächtigen Ausländer gesehen zu haben.

Der ILT-Bus wurde in Saloniki benötigt, die Chauffeure wollten unsere Reisebegleiter noch am Flugplatz absetzen und dann den Bus zur Grenze fahren, wo ihn die griechischen Kollegen übernehmen sollten.

Bomben hatte die Polizei im Bus keine gefunden, wohl aber eine geringe Menge Heroin in einer ovalen Konservendose hinter der Plastikverkleidung der vorderen Stoßstange. Das ist nun kein sehr intelligentes Versteck, wenn man bedenkt, daß Auffahrunfälle häufig sind.

Der Bus hatte über Nacht in der Tiefgarage des Hotels gestanden. Dort wohnten auch die Chauffeure und die Reisebegleiter, Frau Doktor Petra Rönneburg und Herr Professor Müller, beide ihres Zeichens Archäologen. Eine ärgerliche Angelegenheit. Zum Glück hatte ein weiterer Hotelgast der Polizei gegenüber bestätigt, was Professor Müller und seine Kollegin vor der Abfahrt zufällig der Rezeption gemeldet hatten: ein stoppelbärtiger, hagerer Mann im Monteuranzug wäre gegen Mitternacht in der Tiefgarage mit einem Werkzeugkoffer zwischen den Wagen umhergelaufen und bei ihrem Erscheinen hastig in eines der Treppenhäuser verschwunden.

Weder auf Müller noch auf unsere Fahrer traf die Bezeichnung »hager« zu, außerdem waren alle stets glattrasiert. Aber bei Rauschgiftdelikten verstehen die türkischen Behörden keinen Spaß. Der Bus wurde vorerst beschlagnahmt und zum Polizeipräsidium gefahren.

Mein Kollege Ali, der in Kaş, vier Autostunden westlich von Antalya, ein ILT-Bauvorhaben überwachte, hatte mit Hilfe des deutschen Konsulats und seiner speziellen Kanäle unsere Leute zumindest vor dem Gefängnis bewahrt.

Ein türkischer Admiral verdient um die 1800 DM im Monat, ein Hauptmann kaum mehr als 900 DM. Ein Justizbeamter mit 600 DM, Frau und zwei Kindern, hat zwar ein für türkische Verhältnisse überdurchschnittliches Einkommen, doch reicht sein Gehalt weder hinten noch vorne.

Ich glaube, ich sage nichts Neues: Ein Bündel Geldscheine zur rechten Zeit wirkt weltweit Wunder. Man muß nur eine Schwachstelle aufspüren. Einmal in Wuppertal . . ., aber ich will nicht abschweifen, jedenfalls zeigte sich jemand in der zuständigen Behörde dank Alis Überzeugungsarbeit einsichtig. Touristen eine Drogensendung unterzuschieben war gängige Praxis gewisser Banden. Daß der Bus nach Griechenland überführt werden sollte, war sowohl den Hotelangestellten als auch den Arbeitern der Garage bekannt, bei der immer getankt wurde. Bis zum Abschluß der polizeilichen Ermittlungen durften unsere Leute allerdings das Hotel nicht verlassen. Rätselhaft blieb, warum nur eine so geringe Menge versteckt worden war, aber wahrscheinlich hatten der Hotelgast und Professor Müller den Täter durch ihr Auftauchen verunsichert, mehr zu plazieren. Soweit der Inhalt des Fax.

Tron überholte einen Porsche. Der Fahrer sandte unserem Saab wütende Fernlichtblitze nach.

»Fährst du nicht ein wenig schnell?«

Tron grinste. »Dein Flieger geht in dreißig Minuten, mein Lieber! Du willst doch den guten Ali nicht versetzen, oder wer holt dich in Antalya ab?«

»Ali natürlich. Und hoffentlich hat er erreicht, daß der Bus bald freigegeben wird. Die neue Gruppe landet übermorgen in Saloniki.«

In Fornebu versorgte ich mich in Windeseile mit allen möglichen Zeitungen. Tron und ich blätterten sie durch, während ich eincheckte. Der Vorfall mit unserem Bus war nirgends erwähnt, auch in der türkischen Boulevardpresse nicht.

Tron begleitete mich zur Paßkontrolle. »Deine Skier tun wir mal besser wieder auf den Speicher.«

»Ja«, sagte ich. »Die Angelegenheit wird sich hinziehen, wie ich die türkische Bürokratie kenne.«

3 Ali Ökan in Aktion

Der Flug war eine Qual. Die Turbulenzen begannen über der Ostsee und endeten am Bosporus. Jeder zweite Passagier benutzte seinen *sickbag.* Ich stieg reichlich angeschlagen aus der Maschine. Zehn Flugminuten mehr, und meine Whisky-Therapie hätte auch versagt.

Ali wartete in der Empfangshalle auf mich, braungebrannt, gutgelaunt und im Gespräch mit einer Swiss-Air-Stewardeß, die eine rosa Visitenkarte in der Handtasche verschwinden ließ, als ich durch die Sperre kam. Sie winkte ihm noch zu, als sie ihr Gepäck aufgab.

Seit ich Ali kenne, ist er permanent auf der Pirsch. Seine Methode ist denkbar einfach. Die rosa Karte mit der Privatadresse ist der erste Schritt, dann folgt eine Einladung in ein ausgefallenes Restaurant.

Er ist ein charmanter und witziger Unterhalter mit einem untrügerischen Gespür, ob die jeweilige Angebetete den Unterschied zwischen *marriage* und *coupling* begriffen hat.

Hat sie, muß ich am nächsten Tag endlose Monologe über Zen-Buddhismus oder Heidegger über mich ergehen lassen. Wenn Ali unausgeschlafen ist, pflegt er zu philosophieren.

Die Art, wie er mich begrüßte, ließ darauf schließen, daß er die Nacht ausnahmsweise solo verbracht hatte und daß es um unsere Sache nicht allzu schlecht stehen konnte. Kein Laotse-Zitat hieß mich willkommen, sondern ein munteres Hoş geldiniz, Jost-bey! – Guten Flug gehabt? Soll ja ein bißchen windig gewesen sein.«

»Hoş bulduk!« knurrte ich. »Ein prächtiger Flug! Neben

mir saß eine Frau, die einen Schnellkurs in Bulimie absolvierte. Kaum hatte sie ihre Tüte voll, hat sie wieder Massen an Schokolade in sich hineingestopft, weil es sich mit etwas im Magen angeblich besser reihern läßt. Beim nächsten Luftloch war dann erneut die Tüte dran.«

Ali versuchte einen mitfühlenden Gesichtsausdruck. Er mißlang ihm. Wahrscheinlich dachte er an die Stewardeß. »Wie sah sie denn aus?«

»Ich habe es vermieden, die Dame anzuschaun, mein Bester.«

»Tzz, tzz!« Ali schüttelte vorwurfsvoll den Kopf. Weibliche Wesen würden in jedweder Notlage in ihm den perfekten Tröster finden.

»Fahren wir gleich zum Konsulat?«

»Das, lieber Jost, hat sich erübrigt, während du über den Wolken weiltest.«

»Heißt das, ich bin umsonst hierhergedüst?«

»So ist es. Unsere Leute sind frei, der Bus ist schon unterwegs nach Griechenland. – Ich habe eine erfolgreiche Frühschicht eingelegt.«

Ich machte die Geste des Geldzählens. »Wieviel?«

»Zehn deutsche Riesen.«

»Also zwanzig Mille insgesamt. Bin gespannt, wie die das in Berlin verbuchen werden.«

Ali zuckte mit den Achseln. »Billiger war nicht möglich.«

Ich gähnte. »Dann kann ich ja mit der nächsten Maschine gleich wieder zurück.«

»Nix da, Befehl vom obersten Boß! Du sollst mit mir die Inneneinrichtung der Villa auswählen. Übermorgen kommt der Dekorateur aus Istanbul.«

»Inşallah!« sagte ich und warf meinen Handkoffer auf die Rückbank des 95er. Der nagelneue Saab, den ILT allen Managern zur Verfügung stellte, zeigte bereits unübersehbare Gebrauchsspuren.

»Stoßstange«, brummelte Ali. »Wie kann man das Zeug bloß hinter der Stoßstange deponieren!«

Ein Taxi auf der anderen Straßenseite parkte aus. Der Wagen dahinter erbebte.

4 In Kaş

Von der Autofahrt habe ich kaum etwas mitbekommen. Ich bin hinter Antalya eingedöst und kam erst wieder richtig zu mir, als wir oberhalb von Kaş von der Jandarma gestoppt wurden. Eine Meisterleistung, wenn man die kurvige Strecke und den Fahrstil der einheimischen Fahrer kennt – Ali bildete da keine Ausnahme. Aber meine Whisky-Therapie schien nicht nur gegen Luftlöcher zu wirken.

Ali kannte die Polizisten und scherzte mit ihnen. Es war eine Verkehrskontrolle, wie sie Autofahrer allenthalben in der Türkei ereilen konnte, seit die PKK wieder aktiv war.

Als wir weiterfuhren, sagte er: »Das war jetzt das dritte Mal in dieser Woche. Eigentlich sollten sie langsam wissen, daß ich kein Terrorist bin.«

»Vielleicht haben sie dich wegen unserer Sache im Visier?«

Ali lachte. »Nein, Jost. Der Wagen hat es ihnen angetan. Der eine Polizist könnte demnächst glatt Saab-Verkäufer werden. Gestern habe ich ihm den Turbolader erklärt. Eben waren im Schnellkurs das ABS und die Klimaautomatik dran.«

Wir rollten nach Kaş hinunter. Es war mein zweiter Besuch in der Stadt. Antiphellos ist ihr historischer Name. Die alten Lykier besaßen ein Gespür für malerische Orte. Das Amphitheater von Kaş hat als Kulisse das Meer und die vorgelagerten Inseln. Ich griff nach meiner Sonnenbrille. Blau, blaues Bilderbuch-Mittelmeer, ein, zwei Dalí-Wölkchen. Gegenüber der Hafenbucht lag sonnenbeschienen Kastellorizon, die östlichste der griechischen Inseln. Ich räkelte mich und öffnete das Seitenfenster. Es roch würzig nach Frühling.

Ali hatte ein Haus etwas außerhalb der Stadt gemietet. Wir setzten uns auf die Veranda. Der Blick über den Hafen und die

Bucht war grandios. Das Meer glänzte wie ein Spiegel. Ein Motorboot steuerte auf Kastellorizon zu.

Ali nahm ein Fernglas und fokussierte das Boot. »Das sind wieder die Japaner.«

»Japaner?«

Er reichte mir das Glas. Ich zählte vier Personen. Es waren junge Leute, Frauen und Männer, vermutlich Studenten auf der obligatorischen Reise um die Welt – in drei Wochen. Ich sagte es Ali.

»Die müssen anders sein. Sie sind schon vierzehn Tage hier und fahren fast täglich rüber. Weiß Gott, was sie da so interessant finden.« Ali rümpfte die Nase. »Außer Uzo-Trinken gibt es da nämlich nicht viel zu tun.«

»Du mußt es ja wissen!« neckte ich ihn. Bis auf ein paar Kapitäne darf kein Türke auf die Insel, und ausländische Touristen in Kaş erhalten lediglich ein Tagesvisum. Wer länger auf Kastellorizon bleiben will, muß umständlich über Rhodos anreisen.

»Das Essen dort wird im Reiseführer gelobt.«

»So? – In einem griechischen bestimmt. Aber richtig schlecht kann es nicht sein.« Ali grinste. »Jeden Freitag kommt nämlich ein Schiff zum Einkaufen her. Der echt griechische Mokka, den sie den Touristen für teures Geld andrehen, stammt genauso aus der Türkei wie der Schafskäse und die Oliven. – Was mich daran erinnert, daß ich hungrig wie ein Wolf bin. Wie steht es mit dir?«

»Gute Idee, meinen letzten Happen habe ich nach dem Start in Fornebu gegessen. Es war wirklich nur ein Bissen, dann ging die verdammte Schaukelei los.«

Ali parkte den Saab auf dem Kai. Das Restaurant *Erişh* lag ein paar Schritte entfernt an einem ruhigen Platz der Altstadt. Das milde Wetter hatte sich gehalten. Yussuf, der Patron, eilte uns entgegen. Er erinnerte sich sogar noch an meinen Namen. Wir entschieden uns für einen Tisch im

Freien. Während wir den Aperitif bestellten, nahmen Leute am Nachbartisch Platz. Ich saß mit dem Rücken zu ihnen. Ihrer Unterhaltung konnte ich entnehmen, daß es Dänen waren, Vater und Tochter. Die dritte Person war ein Türke, offenbar ein Dolmetscher. Ich beobachtete amüsiert, daß der gute Ali ständig zum Nachbartisch schielte. Ich kannte ihn nicht erst seit gestern. Es war natürlich die Frau, die ihn interessierte. Als sie dem Dolmetscher ihren Aperitifwunsch erläuterte, sprach sie leise mit einer warmen, sehr weiblichen Stimme, die dennoch äußerst selbstsicher klang; mit einer Stimme, die es gewohnt war, daß man ihr Beachtung schenkt.

Der Patron geleitete uns zur Meze-Vitrine. Ich bestellte diverse Vorspeisen in holprigem Türkisch und erhielt dafür überschwengliche Komplimente von den Kellnern. Wir wurden gebeten, die Fische zu begutachten. Ich drehte mich um – und streifte eine Schulter. An Alis verklärtem Gesichtsausdruck konnte ich ablesen, daß es die Frau vom Nachbartisch war. Ich entschuldigte mich auf norwegisch. Ihre Überraschung hielt sich in Grenzen. Es gab viele Skandinavier an der türkischen Mittelmeerküste.

»Macht nichts!« Sie lächelte mich an. Es fiel mir nicht schwer, das Lächeln zu erwidern. Am anderen Ende des Raums präsentierte der Patron Ali einen prachtvollen Fisch auf einem Silbertablett. Der Gourmet in Ali feierte einen temporären Sieg über den Playboy. Er winkte mir euphorisch.

»Ich glaube, mein Freund hat etwas Aufregendes entdeckt«, sagte ich.

Sie bedachte Ali mit einem flüchtigen, taxierenden Blick und blinzelte mir zu. »Ihr Freund scheint mir jemand, der immer auf Entdeckungen aus ist.« Wieder ein Augenzwinkern. Sie trat vor die Meze-Vitrine.

Ich hatte volles Verständnis für Alis schmachtende Blicke. Diese Frau würde nirgendwo auf der Welt ein Restaurant betreten, ohne automatisch alle Aufmerksamkeit auf sich zu ziehen. Sie war schlank, hatte aber nichts von der ätherischen, fleischlosen, langbeinigen Durchsichtigkeit, die Top-Fashion-Models oft ausstrahlen. Außerdem war da noch etwas, das mir gefiel. Es war etwas Athletisches, Katzenhaftes in der Art, wie sie sich bewegte. Offenbar trieb sie viel Sport. Wenn Ali also eher ihren Ausschnitt bewunderte, so faszinierten mich am meisten ihre Augen. Jadegrün. Bodenlos. Ich schätzte sie ungefähr auf mein Alter. Sie trug ein schlichtes ärmelloses Leinenkleid, das bestimmt nie in einem Geschäft mit Massenkonfektion gehangen hatte, und bis auf einen Armreif keinen Schmuck. Ich war nicht gänzlich unerfahren, was Damenmode betraf. Kleider wie dieses konnten ein kleines Vermögen kosten. Und der geflochtene Platinarmreif stellte mehr als den Gegenwert meines durchaus stattlichen Jahresgehalts dar.

Ich war vor Ali an unserem Tisch und setzte mich so, daß ich sie im Blickfeld hatte. Ali bemerkte es, murmelte »Inşallah!«, war aber kein Spielverderber. Er verzichtete mit einer großzügigen Handbewegung auf seinen alten Platz. Als sich der Dolmetscher beim Kellner nach dem Telefon erkundigte und daraufhin ins Restaurant ging, bekam ich meine Chance. Der Kellner sprach kaum Englisch. Bevor Ali reagieren konnte, war ich aufgesprungen und übersetzte den Wunsch der Frau nach Mineralwasser für sich und ihren Vater.

»Gleich eine große Flasche?«

»Ja, bitte.« Es war der Vater, der antwortete. »Sehr zuvorkommend von Ihnen.«

»Büyük bir şişe sodalı, getirir misinis lütfen!«

Der Kellner verbeugte sich. »Hemen, effendim! – Sofort, mein Herr.« Er verschwand im Restaurant.

Die Frau mußte vorhin an meinem Akzent gemerkt haben, daß ich kein Norweger war. Sie fragte mich nach meiner Nationalität.

»Jeg er tysk«, sagte ich. Wir tauschten daraufhin die üblichen Touristenfloskeln aus. Alis Gesicht konnten die Dänen nicht sehen. Er grinste süffisant. Die *mezeler* wurden gebracht.

Da Ali wußte, daß die meisten Dänen recht gut Deutsch können, wechselte er ins Türkische. Ich verstand beileibe nicht alles, was er sagte, aber ich erinnere mich, daß er die Vorspeisen in einem Vokabular beschrieb, mit dem er mir sonst die Vorzüge seiner zahlreichen Eroberungen schildert.

Der Dolmetscher setzte sich wieder an den Nachbartisch. Vom Äußeren ähnelte er Ali. Der gleiche gepflegte Schnauzer, ein fast identischer, makellos gebügelter Anzug, ein blütenweißes Hemd. Er war schlanker als Ali und ich und wohl auch etliche Jahre jünger.

Er begann sich mit dem Vater der Frau zu unterhalten. Worüber sie redeten, konnte ich nicht genau verstehen, da Yussuf Ali die Tagesspezialitäten erläuterte, aber es schien etwas Wichtiges zu sein. Der Däne nickte mehrmals ernst, stand auf und ließ sich erklären, wo das Telefon stand. Er war hochgewachsen wie seine Tochter und ebenfalls sonnengebräunt. Sein Alter konnte man nur schwer schätzen. Bloß das kurzgeschnittene, silbergraue Haar gab einen Hinweis, daß er vielleicht eher um die Sechzig als um die Fünfzig sein mochte. Er trug ausgeblichene Jeans und einen alten dunkelbraunen Wollpullover, wirkte aber keinesfalls underdressed. Er strahlte eine beinahe körperlich spürbare Aura von Willensstärke aus. Er schob seinen Stuhl zurück und stieß dabei an Alis. Als er sich dafür entschuldigte, sah ich seine Augen aus der Nähe. Sie waren blau, nordisch, hatten auch die gleiche Bodenlosigkeit wie die seiner Tochter, glänzten aber emotionslos, um nicht zu sagen: kalt. Es waren die Augen eines Herrschers, der keinen Widerspruch gelten läßt.

Ali und Yussuf schienen sich einig geworden zu sein.

»Fisch oder Fleisch als Hauptgericht, Jost?«

»Lieber Fisch.«

»Also die Brasse«, sagte der Patron.

Wir speisten fürstlich. Ali reichte mir mit Grandezza einen der Vorspeisenteller: gefüllte Auberginen, ein Gericht, das *imam bayıldı* heißt, – »Der Imam fiel in Ohnmacht«. Vor Wonne ob der Köstlichkeit natürlich, und nicht, wie manche Leute behaupten, der reichlich öligen Zubereitung und des vielen Knoblauchs wegen. Ich konnte mir nicht versagen, hin und wieder die Frau anzuschauen, und ahnte, daß sie es spürte. Trafen sich unsere Blicke, schenkte sie mir ein bezauberndes Lächeln.

Der Hauptgang wurde gebracht. Es gab gegrillte Meerbrassenfilets auf einem Gemüsebett. Ali vergaß selbst die freundschaftlichen Sticheleien und geriet ins Schwärmen. Seine Begeisterung wirkte ansteckend. Trotzdem hatte ich Schwierigkeiten, die aufgetragenen Köstlichkeiten angemessen zu würdigen. Die Frau hatte mich in ihren Bann geschlagen.

Ihr Vater kam an den Tisch zurück: »Wir treffen Holden noch heute abend im *Sunrise*, Livia.«

Livia? Woher kannte ich den Namen? – Es fiel mir in diesem Augenblick nicht ein.

Der Dolmetscher hob die Augenbrauen. »Ist es notwendig, daß ich dabei bin?«

Der Däne nickte. »Es kann nichts schaden.«

Ich registrierte, daß man sich am Nachbartisch duzte, aber Skandinavier sind mit der informellen Anrede ohnehin großzügiger als Deutsche oder Franzosen.

Ich beträufelte mein Brassenfilet mit Zitronensaft. »Was ist das *Sunrise*, Ali?«

»Kennst du noch nicht. Es hat neu eröffnet. Eine Mischung aus Café und Nachtbar.«

Die Dänen und ihr türkischer Begleiter waren mit Mokka und Aperitif zur selben Zeit fertig wie wir. Der übliche Touristen-Small-talk wurde erneut aufgenommen, während wir gemeinsam das Restaurant verließen. Es stellte sich heraus, daß die Dänen in der Nähe von Alis Haus eine Villa gemietet hatten. Der Dolmetscher war in einem Hotel hinter dem Hafen untergebracht. Gegenüber vom *Eriş* hatte der Teppichladen *Kaş und Carry* aufgemacht. Der Inhaber bat uns alle auf einen Tee herein. Auch ihn kannte ich noch von meinem letzten Besuch.

»Nein danke, Ünal, wir sehen uns ja später noch«, sagte Livia. Ali und der Dolmetscher begrüßten den Teppichhändler mit den landesüblichen Bruderküssen und nahmen die Einladung an. Die Dänen und ich schlenderten weiter zur Hafenpromenade. Ihr Wagen, ein Landrover, stand neben unserem Saab.

Sie setzte sich ans Steuer und ließ das Seitenfenster herunter. Der Vater nahm auf dem Beifahrersitz Platz. »Kennen Sie hier eigentlich ein besseres Restaurant als das *Eriş*?«

»Mein Freund meint, es sei das erste Haus am Ort.«

»Dann treffen wir uns bestimmt noch einmal.« Sie nickte mir zu und fuhr schwungvoll aus der Parklücke. Ich hockte mich auf den Sockel des Atatürk-Denkmals mit Blick auf die Hafenpromenade. Ein Fischer flickte sein Netz, ein Sesamkringelverkäufer belieferte ein Teehaus, ein Hund jagte eine Katze.

Als Ali mich von hinten ansprach, riß er mich aus einem höchst angenehmen Tagtraum. Natürlich hatte er bereits alles Mögliche über Livia und ihren Vater in Erfahrung bringen können.

Olaf Magnussen war ein wohlhabender Fischfabrikbesitzer aus Århus, der jedes Jahr eine Woche mit seiner Tochter in Kaş Urlaub machte, nachdem er seine türkischen Importeure besucht hatte. Livia arbeitete im Unternehmen ihres Vaters; in welcher Position, hatte er nicht herausbekommen. In Kaş wohnten sie immer in der Villa eines türkischen Geschäftsfreundes. Ihr Dolmetscher Mustafa lebte ebenfalls in Århus. Er hatte Ali eine Visitenkarte gegeben: Mustafa Almür,

Limfjord Fiskeriindustri, Abteilungsleiter Sektion Mittelmeerimport/-export, staatlich anerkannter Dolmetscher.

»Außerdem kümmert er sich um die anatolischen Gastarbeiter von Magnussen. Ünal mag ihn nicht besonders. Er hat es mir gestanden, als Mustafa gegangen war. Der alte Magnussen sammelt nämlich Kelims. Mustafa mischt sich ständig ein und versucht die Preise zu drücken, wo es nur geht. Er scheint beim Feilschen ein zäher Brocken zu sein.« Ali lachte. »Wenn das ein ausgebuffter Händler wie Ünal sagt, wird was dran sein! – Und nun, Effendim?«

»Siesta«, sagte ich, »ein Verdauungsnickerchen.«

Er gab mir einen kameradschaftlichen Rippenstoß. »Damit Monsieur für das *night-life* richtig fit ist? – Gehe ich recht in der Annahme, daß es dich nächtens ins *Sunrise* ziehen wird.«

»Äh . . .«

»Oder hast du etwa vor, den Abend daheim zu verbringen?«

Nein, hatte ich garantiert nicht. Mein Gott, diese Frau mußte mich hypnotisiert haben!

5 Champagner im *Sunrise*

Ich stieg die Wendeltreppe zu meinem Zimmer hinauf und trat auf die Veranda. Die Nachmittagssonne stand über Kastellorizon. Ein Motorboot legte im Hafen an. Ich nahm Alis Fernglas. Die Japaner kehrten von ihrem Tagesausflug zurück. Sie trugen knallrote T-Shirts mit der Aufschrift *Kyoto University.* Ich zog die Verandatür zu.

Livia – ein ungewöhnlicher Vorname. Jetzt fiel es mir ein: eine literarische Gestalt von Lawrence Durrell trug diesen Namen. Ich legte mich aufs Bett und schloß die Augen.

Als ich erwachte, war es bereits dunkel. Ich duschte, rasierte mich und öffnete die Tür. Vom Meer her wehte ein scharfer Wind. Große Regentropfen klatschten wie fette Insekten gegen die Hausmauer. Ich wechselte Hemd und Krawatte gegen einen Rollkragenpullover. Unten lief der Wetterbericht im Fernsehen.

»Schönheitsschlaf beendet?« Ali füllte ein Glas fingerbreit mit einer klaren Flüssigkeit. »Mit oder ohne Wasser?«

»Bitte mit.«

Die Flüssigkeit verfärbte sich milchig.

Er schaltete den Fernseher aus. »Morgen soll's wieder schön werden. Über zwei deutsche Studenten kam auch ein kurzer Bericht. Hundert Gramm hatten sie dabei. Heroin.« Ali schnalzte mit der Zunge. »Sie hatten es in die Schlafsäcke eingenäht.«

Ich zuckte mit den Achseln. »Denk an unseren Bus.«

Ali trank seinen Raki aus. »Die Nachrichten über Drogenfunde häufen sich in letzter Zeit.« Er deutete auf die Raki-Flasche. »Magst du noch einen?«

Ich schüttelte den Kopf.

»Dann laß uns einen Gang durch die Gemeinde machen. Es

gibt mehrere tolle Bars am Hafen, die du alle noch nicht kennst.«

»Ich dachte, wir wollten ins *Sunrise*.«

»*Du* willst ins *Sunrise*! – Geduld, mein Freund, das werden wir auch, aber erst später. Wer in Kaş etwas auf sich hält, taucht dort erst kurz vor Mitternacht auf.« Ali konnte ausgesprochen dreckig grinsen. »Das gilt übrigens auch für betuchte dänische Ladies.«

Ich ahnte, was mir drohte. Es war schließlich nicht unsere erste gemeinsam durchzechte Nacht.

Ich fühlte mich angenehm überrascht, als wir endlich im *Sunrise* landeten. Die Bar war in einem ehemaligen Teppichlager untergebracht und bestand aus einem einzigen großen, hohen Raum. Der hintere Teil war mehrlagig mit Kelims ausgelegt. Dort hockte man auf Kissen und niedrigen Polstern. Gläserne Ampeln verstrahlten ein warmes Licht. Es waren viele Leute im Raum, aber alle unterhielten sich eher gedämpft. Die Musik empfand ich als angenehm, melodisch. Die Musikanlage war gut ausgesteuert. Ein Sänger besang das Meer, wurde zu einem gelben Fisch, zu einer bunten Wolke . . .

Bei einem letzten Kaş-Besuch hatte Ali mich in eine Technodisko geschleppt, und ich hatte noch Tage darauf das monotone Dröhnen in den Ohren gehabt. »Wer singt da?«

»Zülfü Livaneli. Die CD gibt es schon lange, heißt ›*Ada*‹ – ›Insel‹. *Ada* gilt schon fast als seine klassische Scheibe.«

»Livaneli? Das klingt italienisch.«

Ali ließ sich von der Bedienung das Cover bringen. »Sag selbst, sieht so ein Italiener aus?«

Ich lachte. »Ohne Bart vielleicht.«

Daraufhin musterte Ali das Foto von Livaneli. »Hmm, hab nie über den Namen nachgedacht. Unmöglich ist nichts. Italien hielt schließlich nach dem Ersten Weltkrieg für ein paar Jahre einige Gebiete an der Mittelmeerküste und in der

Ägäis besetzt. Der eine oder die andere wird schon in der Türkei geblieben sein.« Er gab dem Barmann die CD zurück. »Bleiben wir hier am Tresen, oder magst du lieber à la turque?«

»Lieber letzteres.«

Ich rückte mir einen Stapel Kissen zurecht und streckte mich aus. Ali hockte sich mir mit untergeschlagenen Beinen gegenüber und studierte die Getränkekarte. Zwischen uns stand ein rundes Tablett aus getriebenem Messing auf einem Holzgestell.

»*Nobel*, ein trockener Rotwein aus Kappadokien – sehr empfehlenswert!« Ali führte Zeigefinger-, Mittelfinger- und Daumenkuppe an die Lippen und küßte sie schmatzend.

»Weiß nicht so recht, *Nobel*, das erweckt in mir Assoziationen von flüssigem Dynamit.«

Ali wischte meinen Einwand mit einer Handbewegung zur Seite und bestellte eine Flasche. Das *Sunrise* füllte sich. Ali schien fast jeden zu kennen. Ich schaute mich um, Livia erblickte ich nirgends. »Istanbul'u dinliyorum – ›Ich höre Istanbul‹« sang Livaneli. Ich trommelte sacht im Takt mit den Fingernägeln gegen das Messingtablett.

Unter den Gästen waren etliche Touristen. Ali hatte eine Französin in ein Gespräch verwickelt und gab mir ein Zeichen, daß ich dieses Mal bitte schön ihm die Angelegenheit überlassen möge.

»Großes Ehrenwort«, sagte ich auf deutsch und beobachtete schmunzelnd, wie Ali zur Höchstform auflief. Adonis pur.

Plötzlich unterbrach er seinen Flirt und schaute zum Tresen. Ein Koloß von einem Mann in einem dunklen Einreiher hatte das *Sunrise* betreten und stellte einen Alukoffer auf den Boden. Der Mann trug eine stark getönte Brille, Kinnbart und Haare waren strohblond. Er sprach den Barmann an. Der nickte mehrmals und deutete auf einen Wandschirm in einer Ecke. ›Garantiert kein Türke‹, dachte ich. Nicht wegen der hellen Haare – es gibt erstaunlich viele blonde Türken, aber keinem würde es einfallen, sich einen Ulbricht-Bart stehen zu lassen. ›Holländer? Vielleicht auch Engländer?‹

Der Dicke hob den Alukoffer auf und ging hinter den Wandschirm.

Ali schüttelte mißbilligend den Kopf.

»Was ist?«

»Erklär ich dir später.« Ali widmete sich wieder seinem Opfer.

Ich hatte das Vergnügen, weiterhin Alis Flirtstrategie zu studieren. Er überzeugte die Französin gerade von der Notwendigkeit eines nächtlichen Kaş-Bummels.

»Ich kenne da ein, zwei kleine Champagner-Bars, wo auch getanzt wird . . .«

»Du kannst den Wagen haben, Ali, ich nehme mir später ein Taxi.« Es war schon weit nach Mitternacht. Wo verdammt noch mal blieb Livia? Das *Sunrise* begann sich langsam zu leeren.

Ganz der Gentleman, half Ali seiner Begleiterin in den Mantel. Bevor sie untergehakt zum Ausgang schlenderten, raunte er mir zu: »Der Hausschlüssel paßt in alle Außentüren. Geh bitte ausnahmsweise heute über die Verandatreppe in deine Etage.«

Scheinheilig fragte ich: »Und wenn ich nachher noch fernsehen möchte?«

»Nix da! Untersteh dich!« zischelte Ali.

Kurz darauf hörte man, wie der Saab mit quietschenden Reifen vom Parkplatz fuhr. Ich ging zum Tresen und zog einen Barhocker heran. »Könnte ich noch mal das Cover von der Livaneli-CD sehen?«

»Tabii, effendim!«

Ich notierte Titel und Hersteller. Der Barkeeper stellte ein

Tellerchen mit Pistazien neben mein Weinglas und schob dabei meinen Hausschlüssel vom Tresen. »Oh, pardon, Effendim, sehr ungeschickt von mir!« Er machte Anstalten, um den Tresen zu laufen.

»Wirklich nicht der Rede wert. Bitte bemühen Sie sich nicht.« Ich kletterte vom Barhocker und bückte mich. »Hab ihn schon.«

Als ich mich wieder aufrichtete, stand Livia neben mir.

»Das war doch eben nicht etwa ein Kniefall vor einer Dame?« Sie spitzte spöttisch den Mund. »Ist das wieder in Mode?«

Ich war derart perplex, daß ich außer einem gestammelten »Äh, Sie sind hier . . . wie . . . – Kniefall?« keine schlagfertige Antwort zustande brachte.

Livia, sichtlich amüsiert über meine Verwirrtheit, hakte unbarmherzig nach: »Oder ist das bloß in Adelskreisen Usus?«

›Sieh mal einer an‹, dachte ich. ›Ali und dieser Mustafa haben ja einen intensiven Infoaustausch abgehalten.‹ Ich lachte. »Usus? Nein, aber ich werde versuchen, den Brauch wieder gesellschaftsfähig zu machen.«

»O. k., nichts dagegen!«

Sie trug ein trägerloses Abendkleid und hatte ein Seidentuch um ihre nackten Schultern geschlagen. Die Arme hielt sie vor der Brust verschränkt. Man mußte kein Experte in Körpersprache sein, um das zu interpretieren. Sie war eindeutig ihres Vaters Tochter.

Ich zeigte auf den freien Barhocker neben meinem. »Darf ich zu einem Wein einladen?«

Sie schüttelte den Kopf. »Setzen Sie sich doch zu uns in die Ecke. Wir plaudern mit Ünal und einem anderen Teppichhändler. Mein Vater frönt gerade seinem Hobby.«

»Und das wäre?«

»Er sammelt alte Kelims.«

»Tja, wenn ich nicht störe . . .«

Die jadegrünen Augen blitzten spöttisch. »Ihr Freund wird Ihnen heute schwerlich noch Gesellschaft leisten. Also?« Ohne eine Antwort abzuwarten, ging sie. Ich folgte ihr hinter den Wandschirm.

Magnussen erhob sich andeutungsweise von seinem Sitzkissen, um mich zu begrüßen. »Kennen Sie sich mit Kelims aus, Herr von Warberg?«

»Ich weiß lediglich, daß Kelims nicht geknüpft sind, sondern gewebt werden.«

»Das ist ja immerhin schon etwas. – Nun, dann habe ich das außerordentliche Vergnügen, Sie mit einem der größten Kenner auf dem Gebiet orientalischer Flachgewebe bekannt zu machen.« Über Magnussens Gesicht huschte ein Lächeln mit einem Anflug von Ironie. Ich vermochte nicht zu deuten, ob es mir oder dem ziegenbärtigen Riesen galt, der zwischen Ünal und dem Dolmetscher saß. »Darf ich vorstellen: Howard Willmore Holden von der Oriental Rugs Ltd., Bath & Istanbul. Die anderen Herren kennen Sie ja bereits.« Mustafa und Ünal nickten. »Merhaba!«

Holden und ich schüttelten uns die Hände. »Warberg, angenehm.«

»Holden, nice to meet you.«

Alle sprachen englisch. Livia setzte sich neben ihren Vater.

Magnussen trug einen Anzug aus schwarzer Rohseide und darunter einen gelben Kaschmirpullover. »Sie gestatten?«

Das Doppelkinn vom Dicken wabbelte Zustimmung.

Magnussen öffnete Holdens Alukoffer und entfaltete einen Kelim. »Im Fachjargon nennt man so ein Stück einen *Baby-Kelim.*« Seine Hände liebkosten ihn. Die Fläche mochte einen knappen Quadratmeter betragen. »Es ist ein Nomadenstück, etwa 17. Jahrhundert, diente vermutlich als Sattelunterlage, wurde aber kaum benutzt.« Er hielt ihn gegen das Licht.

Holden saß mit untergeschlagenen Beinen. Für einen derartigen Koloß von Mann schien er mir recht gelenkig. Er hatte den Anzug aufgeknöpft. Eine bestickte Weste spannte sich beängstigend über den stattlichen Bauch. Ich fürchtete um die Perlmuttknöpfe. Im Halbdunkel des Raumes wirkte er wie eine Statue des fettleibigen japanischen Glücksgottes Hotei – auf der Höhe der Zeit mit Designerbrille auf der Nase und Handy in der Westentasche.

Holden nickte Magnussen anerkennend zu. »Da sprach soeben ein Kenner! – Und was meinen Sie, Herr Almür?«

Mustafa zog den Kelim in den Lichtkegel der schwachen Ampel. »Ein schönes Exemplar.« Er beugte sich nach vorne. »Ein zwar einfacher, aber dennoch ungewöhnlicher Musteraufbau. Die Rankensymbole sind selten: Weinblätter!« Er reichte den Kelim an mich weiter.

Holden kicherte vergnügt. »Mein Kompliment, Herr Almür! Sie haben viel dazugelernt in den letzten Jahren, in der Tat! – Aber was bitte, ist an den Ranken so ungewöhnlich? Könnten Sie das noch ein wenig präzisieren?«

Mustafa wedelte lässig mit der Hand. »Das sieht doch jeder! Hier!« Seine Hand wanderte über den Kelim. »Und auch hier, zum Beispiel, wurden christliche Symbole eingewebt. Verschlüsselt natürlich.«

Ich betrachtete den Kelim eingehend. Dann schüttelte ich den Kopf. »Tut mir leid. Außer daß es sich um stilisierte Weinblätter handeln könnte«, ich tippte auf die besagten Stellen, »vermag ich beim besten Willen nichts zu erkennen, was auf christliche Inhalte hinweist. Wenn, dann sind die Symbole wirklich sehr stark abstrahiert dargestellt.«

»Gar nicht so schlecht, Herr von Warberg!« Magnussen ließ sich von der Bedienung Papier und Kugelschreiber bringen und begann zu zeichnen. »Ich erkläre es Ihnen. Es wird einen Moment dauern.«

Livia griff in den silbernen Sektkühler neben sich. »Auch

ein Glas?« Sie hatte den Seidenschal von den Schultern gestreift und hob die Flasche aus dem Eiswasser. »Oder mögen Sie keinen Champagner?«

»Oh, durchaus, durchaus. Sehr liebenswürdig, aber ich bleibe heute lieber bei Rotwein.«

Sie blickte mich schelmisch an. »Nur Mut zur Abwechslung, der Herr!« Ohne daß ich widersprechen konnte, bekam ich eine Champagnerflöte in die Hand gedrückt. »Cheers!« befahl sie knapp.

Ich fügte mich. »Cheers! Zu Befehl!«

In Norwegen gab es U-Boot-Kommandantinnen, in Schweden weibliche Brigadegeneräle. Falls sie es nicht schon war: Livia würde die perfekte dänische Verteidigungsministerin abgeben.

Magnussen hatte seine Zeichnung fertig. Den Kommandoton beherrschte auch er. »Schauen Sie, Herr von Warberg!«

Ich rückte näher heran. Dabei war es unvermeidbar, daß sich Livias und mein Knie berührten. Täuschte ich mich, oder spürte ich sanften Gegendruck?

Magnussen hatte einen Rankenausschnitt abgezeichnet und die zwischenliegenden Flächen schraffiert. Er reichte mir die Skizze. »Sie müssen das Blatt drehen!«

»Fische?«

»Exakt. Und was noch?«

Ich sah nichts.

»Verbinden Sie die Fische durch einen horizontalen und einen lotrechten Strich!«

Er gab mir den Kugelschreiber, und ich begriff: dem dominierenden Rankenmuster war eine Kreuzstruktur unterlegt. »Sie sagten, es handele sich um ein Nomadenstück. Lebten in Anatolien christliche Nomaden?«

Holden antworte. »Aber ja. Es gab zum Beispiel armenische Stämme östlich von Konya.«

Die Weinblätter und Ranken waren unaufwendig gestaltet,

die Farben blaß. Eben eine Satteldecke. »Sind solche Stücke wertvoll?«

»Es gibt Liebhaber, die ein Vermögen dafür zahlen würden.« Livia beugte sich vor und befühlte das Kelim-Gewebe. Ich verstand, welche Einblicke Ali heute mittag im *Eriş* gefesselt hatten.

Magnussen, Holden, Ünal und Mustafa hatten die Köpfe zusammengesteckt.

»Mein Vater wird kindisch, wenn es um Kelims geht«, flüsterte mir Livia ins Ohr.«

»Will er ihn Holden abkaufen?«

»Holden ist nur ein Vermittler.« Sie erhob sich. »Ich glaube, wir lassen die Herren für ein paar Minuten allein.«

Ich hatte nichts dagegen.

Der Regen hatte aufgehört. Wir traten vor die Tür. Zwei Fischkutter glitten aus dem Hafen. Auf Kastellorizon war nur noch die Küstenstraße beleuchtet. Ein Teil des Vorgartens vom *Sunrise* war überdacht.

Livia lehnte sich gegen einen Pfosten und betrachtete schweigend die Insel. »Dort scheint nicht gerade das Leben zu toben. Waren Sie schon drüben?«

»Nein.« Ich zog einen Stuhl unter einem Tisch hervor und setzte mich rittlings drauf.

»Ich auch nicht. Mein Vater fährt für drei Tage mit seinen Freunden nach Konya – auf Kelimjagd.« Sie schwang sich auf den Tisch und ließ die Beine baumeln. »Ich wollte morgen die Insel besuchen. Natürlich nur, wenn das Wetter mitspielt.« Sie pochte mit der Schuhspitze gegen meine Stuhllehne. Ihr Kleid hatte lange, lange seitliche Schlitze. »Hätten Sie Lust, mich zu begleiten.«

Seit sie mich im *Eriş* das erste Mal geneckt hatte, war ich das Gefühl nicht losgeworden, daß sich hier ein Abenteuer anbahnte. Ein Abenteuer oder eine Falle in Form einer neuen Beziehung? Bei meinem letzten längeren Liebesdebakel hatte ich mir geschworen, *one man, one life,* und ich würde nie, nie wieder . . . aber es gab nun einmal Situationen im Leben, wo man augenblicklich jeden noch so hehren Vorsatz vergißt.

»Gerne«, sagte ich, und die Falle schnappte zu. »Wann?«

Livia glitt von der Tischkante. »Das Boot geht um zehn.«

6 Picknick auf Kastellorizon (Meis Ada)

Ich hatte mir einen Wecker gestellt, war aber bereits wach, als er klingelte. Ein wolkenloser Himmel begrüßte mich. Ich trat auf die Veranda. Jemand werkelte unten in der Küche. Eine leichte Brise strich über die Baumkronen. Die Luft war mild und roch nach Jasmin. Ein idealer Tag für eine Schiffstour. Februar im Mittelmeer. Ich mußte an Oslo denken. Dort hatte es derart geschneit, daß der Verkehr zeitweilig völlig zusammengebrochen war.

Ich atmete tief durch. In den Jasminduft mischte sich der Geruch von frisch gebrühtem Kaffee. Ich hörte Ali sagen: »Tiens, ma petite, c'est moi qui est à votre service ce matin!« Geschirr klapperte.

Ich sprang unter die Dusche.

Als ich wenig später an die Küchentür klopfte, öffnete mir Ali mit einer Bratpfanne in der Hand. »Wer viel liebt, muß gut frühstücken«, lautete eine seiner stehenden Redewendungen, wenn er Après-Sex zelebrierte. Sonst stellte er sich nie an den Herd.

»Für dich ist schon gedeckt. Sag Edith artig ›Guten Morgen‹, dann schenkt sie dir vielleicht Kaffee ein.«

Mit Erleichterung registrierte ich, daß er in Ediths Anwesenheit auf die endlosen philosophischen Monologe verzichtete, die ich mir nach seinen erfolgreichen Liebesnächten gewöhnlich anhören mußte.

Edith kicherte und machte einen halbherzigen Versuch, das Männeroberhemd zuzuknöpfen, das sie als Morgenrock zweckentfremdete.

»Voilà, ein kleines Frühstück!« Ali stellte die Pfanne auf einen Keramikuntersetzer.

Kleines Frühstück! Der Pfanneninhalt hätte eine achtköpfige Familie satt gemacht. Es gab winzige Lammfilets in Kräuterkruste, Hummerkrabben mit reichlich Knoblauch, Rührei auf kroß gebratenem *Pastırna,* das ist Rinderschinken, und jede Menge ofenfrisches Brot. Ich beließ es bei einer Scheibe mit Marmelade, während Edith und Ali kräftig zulangten. Es mußte eine sehr kalorienverzehrende Nacht gewesen sein. Edith sprach kaum, Ali war um so geschwätziger. Er beschrieb mir die diversen Bars und Clubs, die sie besucht hatten. Es war erstaunlich, was für Amüsiergelegenheiten eine kleine Stadt wie Kaş bot.

»Und du? Bist wahrscheinlich im *Sunrise* hängengeblieben.«

»In der Tat.«

»Und?«

Es hatte keinen Sinn, Ali zu verheimlichen, daß ich gleich mit Livia nach Kastellorizon wollte. Er kannte alle Kapitäne. Die Buschtrommeln in Kaş arbeiteten mit Überschallgeschwindigkeit. »Ein kleiner Ausflug nach Yunanistan steht an.«

»Aha! Nach Meis!« Ali bedachte mich mit einem prüfenden Blick, derweil sich sein nackter Fuß unter dem Tisch in Richtung Edith vortastete. »Und wohl kaum mit den Japanern! Gesteh!« Mit strenger Miene fügte er hinzu: »Ich ahne schon, was du vorhast, mein Lieber. Du willst mit der Dänin im sittenlosen Griechenland unmoralische Dinge treiben, weil du es dich hier nicht traust. Recht so, wisse!« Er trommelte sich wie Tarzan an die Brust. »In der Türkei sind öffentliche Ordnung und Moral fürwahr ein hohes Gut!«

Ali hatte in Berlin Germanistik studiert, bisweilen klang sein Deutsch ein wenig antiquiert. Kein Wunder, er hatte seine Magisterarbeit über Schiller geschrieben – das prägt den Wortschatz. Ali Ökan-Tell und die Glocke mit Raki gefüllt.

Sein Fuß schien derweil am Ziel angekommen zu sein.

Edith kicherte erneut. Das Oberhemd rutschte ihr von den Schultern und gewährte einen appetitlichen Anblick.

Ali fand das auch und gab ihr einen Kuß. »Spreche ich die Wahrheit, *chérie*?«

Edith raffte in aller Ruhe das Hemd und sagte verschmitzt: »Selbstverständlich, oh, du mein osmanischer Ausbund an Sittlichkeit!«

Ali wandte sich zu mir. »Da hörst du es, mein Freund!«

Ich schaute auf die Uhr und erhob mich. »Dann will ich mal nicht länger stören. – Ach, da fällt mir ein, Ali, kann ich mir eine Badehose von dir ausleihen?«

»Schwimmen mitten im Winter?« Er musterte mich, als hätte ich vorgeschlagen, eine Atatürk-Statue rot anzumalen und ihr einen Fes aufzusetzen. »Reiner Wahnsinn! Erst gestern ist ein Tourist ertrunken.« Er wedelte mit der Morgenzeitung. »Krampf in den Beinen und Exitus. Kein Wunder bei den Wassertemperaturen!«

Ich überflog die Nachricht. Ein japanischer Student hatte versucht, von Kastellorizon nach Ro, einer weiteren griechischen Insel, zu schwimmen und war abgetrieben worden. »Komm, Ali, das kann auch im Juli passieren! Immerhin ist das Meer jetzt schon viel wärmer hier als die Ostsee im Sommer.«

Ali tippte sich an die Schläfe. »Rätselhaft, diese nordischen Menschen! Sollen sogar Löcher ins Eis hacken, um sich darin zu ergötzen. Brr! – Aber nur zu! Badehosen findest du in der obersten Kommodenschublade bei mir im Zimmer.«

»Gibt es zufällig auch irgendeine Tasche, die du entbehren kannst?«

»Im Kleiderschrank sollten welche sein.«

Ich packte eine kleine Reisetasche. Alis Badehosen waren ganz und gar nicht mein Stil, aber mir blieb keine andere Wahl. Der Tag versprach warm zu werden, dennoch legte ich einen Wollpullover zu den Sachen. Gestern war das Wetter auch binnen einer Stunde umgeschlagen.

Wir hatten uns am Ankerplatz der *Suleyman* verabredet. Viele Schiffe lagen aufgedockt und wurden für die Saison überholt. Bis Ostern gehörte Kaş seinen Bewohnern. Für die wenigen Wintertouristen reichten die *Nasreddin* – sie bediente die Bucht von Kekkova/Kale – und die *Suleyman,* die Meis Ada anlief. *Meis* – kaum einem Türken würde der griechische Name Kastellorizon leicht über die Lippen kommen!

Die *Suleyman* war ein ehemaliger Küstensegler, den der Eigner für Tauch- und Badeausflüge umgerüstet hatte. Ein gutes Dutzend Ausländer hielt sich am Kai auf. Japaner waren nicht darunter. Livia stand mit dem Rücken zu mir neben dem Steuerhaus und unterhielt sich mit einem athletischen Mann. Es war Ahmet, der Kapitän. Ali hatte mich im letzten Jahr mit ihm bekannt gemacht. Er winkte mir zu. Ich balancierte über einen wackligen Holzsteg an Bord.

»Willkommen, Jost-bey!«

»Hoş bulduk!« Ich stellte die Reisetasche ab.

Livia drehte sich zu mir um. »Alle Achtung, pünktlich auf die Minute!«

Sie knickste wie ein braves Schulmädchen. Ich lachte.

Sie machte einen Schmollmund. »War das eben nicht korrekt?«

»Aber ja doch! Dürfte ich die reizende Begrüßung mit einem Handkuß erwidern?«

Ahmet rollte mit den Augäpfeln. »*Dürfte* ich vorher vielleicht Ihre Reisepässe einsammeln? Der Steuermann kann dann schon mal im Hafenamt die Tour anmelden.«

Ali hatte mir von der aufwendigen Prozedur erzählt: Die Pässe werden von einem Besatzungsmitglied eingesammelt, zum Hafenamt gebracht und dort begutachtet. Anschließend werden Visumanträge ausgegeben. Die Passagiere füllen die Anträge aus und wandern dann geschlossen zum Amt, wo man die Anträge abgibt. Alsdann folgt die Gesichtskontrolle beim Hafenkommandanten. Die Pässe werden einbehalten, dafür die abgestempelten Tagesvisa dem Kapitän ausgehändigt, schließlich geht es mit Polizeieskorte zum Schiff. Und das alles ereilt die Reisenden in verkürzter Form auf Meis noch einmal, nur kann der griechische Hafenmeister keine Pässe mehr einsammeln: er nimmt also dem türkischen Kapitän die Visumdokumente ab und teilt griechische Tagesaufenthaltsgenehmigungen für die Insel aus, die bei der Rückfahrt wieder gegen die türkischen Bescheinigungen eingetauscht werden und so weiter.

Der Steuermann kam vom Hafenamt zurück. Wir zückten unsere Schreibgeräte. Livia setzte sich auf einen voluminösen Rucksack – falls es ihrer war, fand ich ihn für einen Kurztrip reichlich übertrieben – und benutzte einen schlichten Füllfederhalter. Unscheinbar, aber dennoch aus massivem Platin.

Ich schob meine kleine Tasche neben den Rucksack. »Starten wir zu einer Expedition, ohne daß ich davon weiß?«

Zwei grüne Pupillen blitzten mich an. »Eine Reise zu einem unbekannten Eiland hat doch wohl etwas von einer Expedition, oder?«

»Ohne Frage!« versicherte ich hastig. »Vielleicht sollte ich noch rasch einen Klappspaten kaufen oder eine Machete. Außer einer Badehose, einem Handtuch und einem Pullover kann ich nämlich nichts zur Expeditionsausrüstung beitragen, fürchte ich.«

»Kastellorizon wird für uns beide unbekanntes Terrain sein. – Was *Sie* zusätzlich entdecken können«, Livia tätschelte den Rucksack, »wird mehr oder weniger davon abhängen, ob Sie ein Genießer sind!« Wieder wurde der Rucksack getätschelt. »Hier ist alles drin, was man für ein kulinarisches Picknick benötigt, Trüffelhobel eingeschlossen.«

Frauen besitzen bisweilen eine traumhafte Intuition. Woher sonst konnte Livia wissen, daß meine Beziehung mit H. nicht zuletzt daran scheiterte, daß für Madame Essen lediglich eine gefährliche Form des Kalorienanhäufens war. Selbst wenn ich heute H. visualisiere, sehe ich, wie sie zum Frühstück Möhrchen knabbert, als Exzeß im Restaurant Cola light bestellt, beständig auf der Waage steht, abends wieder ein Möhrchen ...

»Ich bin das Gegenteil von einem Kostverächter.«

Sie musterte mich von oben bis unten. »Man wird sehen.«

Livia war nicht der einzige Passagier mit einem großen Rucksack. Unsere Mitreisenden waren fast ausnahmslos feldmarschmäßig ausgerüstet. Rätselhaft. Woran erinnerte mich das bloß? Als dann doch noch zwei Japaner zu unserer Gruppe stießen, fiel es mir wieder ein: Bei einem Kurztrip nach Tokio hatte ich einen Ausflug nach Kamakura gemacht. Kamakura liegt am Meer und ist von einer Hügelkette eingeschlossen. Keine Erhebung ist höher als der Teufelsberg in Berlin, der ja die Bezeichnung *Berg* wirklich nicht verdient. Schon am Bahnhof waren mir die Massen mit Bergsteigerstiefeln und Trekkingoutfit aufgefallen. Ich sollte ihnen später, Höhenmesser und Kompaß konsultierend, auf den gut ausgebauten Wanderwegen begegnen.

Die Sonne wärmte wohlig. Das japanische Pärchen deponierte die Rucksäcke neben unserem Gepäck. Ich zog meine Jeansweste aus. Die Japaner entledigten sich ihrer Windjakken, und die knallroten T-Shirts der Kyoto-Universität kamen zum Vorschein. Falls der Ertrunkene vom Vortag ein Kommilitone gewesen war, hinderte der Geist der Wasserleiche sie jedenfalls nicht daran, miteinander zu schäkern. Was aber nichts bedeuten mußte, denn Japaner sind dafür bekannt, daß sie ihre Mitmenschen ungern mit persönlichen Sorgen belästigen. Konfuzius soll daran schuld sein.

Ich beobachtete unsere Mitreisenden. An zwei Finninnen hätte Ali bestimmt Gefallen gefunden. Aber er war ja im Moment gut versorgt.

Livia schraubte den Füllfederhalter zu.

»Fertig?« fragte Ahmet.

Allgemeines Kopfnicken. Er sammelte die Dokumente ein.

»Was ist mit unserem Gepäck?« sagte ich.

»Das kann auf dem Schiff bleiben. Der Steuermann paßt auf die Sachen auf.«

Die Überfahrt verlief ruhig. Alle sonnten sich auf dem Vorderdeck.

Livia studierte eine Landkarte und einen Reiseführer. »Auf der Nordseite der Insel soll es mehrere ruhige Badestellen mit Sandstrand geben.«

Ruhige Badestellen! Als wir am Kai festmachten, war das einzige Geräusch in fünf Kilometer Umkreis unser tuckernder Schiffsdiesel und eine miauende Katze. Mehr oder minder im Gänsemarsch marschierten wir ohne Gepäck zum Hafenmeister. Ahmet und der Steuermann voran.

Der Japaner rannte plötzlich zu Ahmet. »Captain, I forget my glasses on the boat!«

»Then go and get them!« sagte Ahmet unwirsch.

Der Japaner rannte zum Schiff zurück.

Ahmet schüttelte den Kopf und sagte zu mir auf türkisch: »Ich weiß nicht, was die Japsen im Kopf haben. Das geht jedesmal so. Einer läßt sein Asthmaspray liegen, einer seinen Talisman!«

»Mit dem Asthmaspray, war das der, der ertrunken ist?«

»Nein, das war ein anderer«, sagte Ahmet sarkastisch. »Der Meisterschwimmer hat vermutlich vergessen, zu welcher Insel er schwimmen wollte.«

Die nötigen Formalitäten wurden erledigt, wir holten die Taschen und Rucksäcke, dann zerstreute sich unsere Reisegruppe. Vom Minarett einer baufälligen Moschee am Kai ertönte kein Muezzin, dafür hörte man in der Ferne eine Glocke läuten. Ein dünner Ton signalisierte, daß wir im östlichsten Teil des christlichen Abendlandes angekommen waren, und ein mehrsprachiger, verblaßter Anschlag hieß uns zusätzlich in der EG willkommen. Es bedurfte dieser Erinnerung. Kastellorizon, wo vor dem griechisch-türkischen Gebietsaustausch noch an die 20000 Menschen gelebt hatten, war außerhalb der mittsommerlichen Touristensaison eine Art Gespensterinsel. Irgendwo gab es natürlich Soldaten, und irgend jemand mußte auch die zwischen den Häuserruinen verstreuten Gemüsebeete bestellen. Ganze Stadtviertel waren verfallen. Immerhin hatte eine Hafenkneipe geöffnet. Die Speisekarte war sehr kurz. Wir tranken einen Mokka und wanderten los.

Eine Ziege graste neben einem Autowrack, ein angeketteter Hund huschte verstört in seine Wellblechhütte, als er uns sah. Wir bemerkten die alte Frau erst, als wir dicht an ihr vorbeigingen. Sie hockte in schwarze Kleider gehüllt reglos auf einem Schemel hinter der Hundehütte. Sie schlug das Kreuz und murmelte ein Wort, das wie eine Verwünschung klang. Meinen Gruß erwiderte sie nicht. Trotz der Wärme erschauderte Livia.

Am Stadtrand empfing uns eine angenehmere Welt. Der Pfad zu der Badebucht führte durch einen schattigen Olivenhain. Der Regen hatte Wunder bewirkt, überall sprießte frisches Grün, Blumen blühten, Bienen summten – Mittelmeer pur.

Livia pflückte eine Orchidee und steckte sie ins Haar. »Ich war einmal im Juli auf Malta, seitdem fahre ich nur noch im Winter in den Süden.«

»Wenn ich privat reise, halte ich es auch so.«

»Was arbeiten Sie eigentlich?«

Ich sagte es ihr.

»Und Ihr türkischer Freund?«

»Er ist im selben Unternehmen beschäftigt.« Ich berichtete von der Luxusvilla, die ILT in Kaş restaurierte.

Hinter einer Wegbiegung tauchte das Meer auf. Livia entfaltete die Karte und nickte. »Wir sind richtig!«

Ein steiler Pfad führte zu dem Sandstrand hinunter. Ein

Geheimtip war die Badestelle nicht mehr. Die Finninnen lagerten malerisch wie auf einem Gauguin-Gemälde. Sie hatten sich entblättert und rieben sich gegenseitig mit Sonnenöl ein. Um Livias Mundwinkel zuckte es amüsiert. Das japanische Pärchen spielte züchtig bekleidet im flachen Wasser Badminton. Wir suchten uns eine Stelle am anderen Ende der Bucht.

Livia stellte den Rucksack in den Schatten einer Platane. »Ich möchte erst schwimmen.« Sie trug einen Bikini unter dem Hosenanzug.

Das Wasser war wärmer, als ich erwartet hatte. Wir schwammen an den Badmintonspielern vorbei. Sie winkten uns zu. Die nordischen Schönheiten rösteten am Strand.

»Wetten, daß ich schneller bin als Sie?« Livia kraulte los.

Sie war eine gute Schwimmerin. Ich hatte Mühe mitzuhalten.

Prustend stiegen wir aus dem Wasser. Ich holte ein Handtuch und warf es ihr zu. Die Sonne stand jetzt im Zenit.

Livia streifte das Bikinioberteil ab. »Nur ein paar Minuten durchwärmen, dann gibt es was zu essen.«

Wir setzten uns nebeneinander in den Sand. »Ich bin sehr gespannt. Wie lautet die Menüfolge?«

»Zuerst gibt es einen Aperitif. Der Rest wird nicht verraten!« Sie ging zum Rucksack und kam mit einer Edelstahl-Thermoskanne und zwei Bechern zurück.

»Cheers!«

»Cheers!«

Ein schnittiges gelbes Motorboot glitt in die Bucht. Man gestikulierte, dann wurde den Japanern ein Seil zugeworfen. Die Finninnen drehten sich wie auf Kommando vom Rücken auf den Bauch und beobachteten mit aufgestützten Ellenbogen, wie die Japaner das Seil um eine Kiefer schlangen. Zwei Finken in der Platane kommentierten Livias Aktivitäten mit aufgeregtem Zwitschern. – Noch ein geeister, trockener Martini, warmer Sand, Platanenschatten, eine grazile Nymphe, die einen Campingkocher aus dem Rucksack hervorzauberte, das friedliche Klappern von Kochutensilien. Ich lehnte mich behaglich gegen den Baumstamm – und schlief ein.

Als ich die Augen öffnete, hatte sich Livia über mich gebeugt.

»Es ist angerichtet, Hochwohlgeboren!« Sie wedelte verführerisch mit einer gebratenen Hummerkrabbe vor meiner Nase. »Leider hat es mit den Crêpes zum Dessert nicht so geklappt, wie ich wollte. Es sind eher Eierkuchen geworden.«

»Himbeerfüllung?«

Sie nickte. Auf ihrer Brust glänzte ein Klecks Marmelade. Ich schlang die Arme um ihre Schultern, zog sie sanft an mich und naschte.

7 Spend some days with some sweet Señorita

Ich sah Ali am nächsten Morgen erst zum Frühstück wieder. Wir hatten um elf Uhr ein Treffen mit dem Istanbuler Innendekorateur, der die ILT-Villa ausstatten sollte. Ali hätte den Termin gut alleine wahrnehmen können, aber ich war ja schließlich auch zum Arbeiten nach Kaş gekommen.

Mein Freund preßte Orangen aus. Sein Grinsen war oberdreckig. »Willkommen daheim, hat Schwiegerpapa dich an die frische Luft gesetzt?«

Erstens geht dich das überhaupt nichts an.« Ich warf mit einer Orange nach ihm, aber er duckte sich rechtzeitig weg.

»Und außerdem weilt er derzeit in Konya.« Mein zweiter Wurfversuch war von Erfolg gekrönt. Die Orange platschte gegen seinen Brustkorb.

»Na, na, wer wird sich denn gleich so ereifern? – Oder willst du mit deiner Kanonade andeuten, daß du ebenfalls einen Vitamintrunk magst?«

»Ja, bitte. Kaffee wäre natürlich auch nicht falsch.« Ich setzte mich an den Küchentisch. »Haben wir zufällig Aspirin im Haus?«

»Massenhaft. – Anständig gesündigt?«

»Der Geist war willig, aber Magnussens Hausbar war einfach zu gut bestückt.«

Ali seufzte. »Immerhin ist es ein Zeichen, daß dich die Altersweisheit noch nicht ereilt hat.«

»Ein schwacher Trost. Mir brummt der Schädel wie eine Kesselpauke.«

Ali schob mir ein Glas Orangensaft über den Tisch und zwei Brotscheiben in den Toaster. Wir frühstückten schweigend. Langsam begannen die Aspirin zu wirken. Aus der Kesselpauke in meinem Kopf wurde eine erträglichere Handtrommel. Ich half ihm, das Geschirr im Spülautomaten zu verstauen. »Livia und ich sind zum Abendessen im *Eriş* verabredet. Falls du Lust hast, bring Edith mit.«

»Ihr müßt mit mir alleine vorliebnehmen. Madame macht eine Kappadokienrundreise. Ich kann aber Ünal fragen, ob er mitwill.«

»Ist der nicht mit Magnussen und dem dicken Engländer nach Konya gefahren?«

Ali verzog das Gesicht. »Ganz bestimmt nicht. Ünal war es schon peinlich, daß er zusammen mit dem Elefantenbaby im *Sunrise* gesehen worden ist.«

»Wieso? Was ist mit dem Dicken?«

»Man munkelt halt Sachen.«

»Komm, Ali, spuck aus! Vorgestern hattest du schon mal so eine Andeutung gemacht, als Holden im *Sunrise* aufgetaucht ist. – *Was* munkelt *wer*?«

Ali hob einen warnenden Zeigefinger. »The honorable Howard Willmore Holden hat den Ruf, ein hochkarätiger Antiquitätenschieber zu sein.«

»Na, und?«

»Ünal meint sich zu erinnern, daß der Kelim, den er Magnussen angeboten hat, aus einer Konyaer Moschee stammt.«

»Weiß Magnussen das?«

»Magnussen wird gewisse Fragen einfach nicht stellen, denke ich. Vergiß nicht: schließlich ist er ein fanatischer Sammler.«

»Und wie kriegt er das Teil außer Landes?«

»Wer – Magnussen?« Ali lachte. »Der hat damit nichts zu tun. Holden ist der Spezialist dafür. Magnussen zahlt, Holden liefert. *Tamamme* – O. k.?«

»Und Ünal möchte natürlich mit allem nichts zu tun haben.«

»Sehr verständlich! Falls der Kelim nicht koscher ist und Holden oder Magnussen damit erwischt werden, und falls sich dann jemand zufällig daran erinnern sollte, daß er und der Dicke zusammengetroffen sind, könnte das in der Tat für unseren Ünal böse Folgen haben. Das reicht dann garantiert von ›Unterstützung einer kriminellen Vereinigung‹ bis ›Hehlerei mit nationalen Kunstschätzen‹.«

»*Falls*«, sagte ich. »Vielleicht täuscht Ünal sich ja auch, und Holden hat eine Exporterlaubnis.«

»Die hat er garantiert aufgetrieben. Fragt sich bloß, ob sie echt ist.«

Ich zuckte mit den Achseln. Holden, der Kelim und Ünals Spekulationen waren zur Zeit nicht *my cup of tea.* Ich war mit meinen Gedanken ganz woanders.

Als wir in der Abenddämmerung zum *Eriş* fuhren, war ich froh, daß Ali meine Konfektionsgröße hatte. Sein Ledermantel paßte mir ausgezeichnet. Dicke Oberbekleidung war angesagt. Ein schneidender Nordwind hatte am späten Nachmittag dem Badewetter-Frühsommer-Idyll abrupt den Garaus gemacht. Der Himmel war pechschwarz.

Ali parkte mit Blick auf die tief hängenden Wolken den Wagen direkt vor dem Restaurant. »Da wird wohl gleich die Sintflut über uns hereinbrechen.«

Ich hatte im Obergeschoß des *Eriş* einen Tisch vor dem Kamin reservieren lassen. Yussuf und die Kellner verriegelten rund ums Haus die hölzernen Fensterläden. Die ersten fetten Tropfen spritzten wie Geschosse auf das Pflaster.

Ünal und Livia waren bereits eingetroffen und rösteten Knoblauchbrot über dem offenen Feuer. Wir waren die einzigen Gäste im *Eriş*.

Yussuf erschien mit einem Korb gefüllt mit knorrigem Wurzelholz. »Das hält die Wärme länger.« Er schob einen Rost über die Glut. Der Rost hatte eine runde Aussparung für einen Topf. »In Anbetracht des Wetters habe ich mir erlaubt, eine Fischsuppe vorzubereiten. Das ist ein typisches Winteressen der Region, gehaltvoll, würzig und wärmend.«

Livia spießte frisches Brot auf die Gabel und schwenkte es über dem Feuer. »Was für eine vortreffliche Idee, Yussuf, dann erfriere ich heute nacht vielleicht doch nicht in der Villa. Der Ölradiator bei mir im Zimmer hat urplötzlich seinen Geist aufgegeben, und wo das Feuerholz für unseren Kamin ist, habe ich noch nicht herausgefunden. Vermutlich im Schuppen, aber dafür existiert kein Schlüssel.«

»Sie können einen Radiator aus dem Geschäft haben.« Ünal trug eine dicke Wolljacke und einen Rollkragenpullover. »Der Wetterbericht meint, es bleibt vermutlich auch die nächsten Tage kalt.«

Ali trat vor den Kamin und rieb sich die Hände über der Glut. »Wir sollten besser sofort damit beginnen, von innen zu heizen.«

»Ja«, sagte Livia. »Einen Raki für mich.«

Yussuf blickte in die Runde. »Für alle das gleiche?«

Wir nickten.

»Und was darf ich Ihnen als *meze* bringen?«

»Wählen Sie aus, was Sie für angemessen halten, Yussuf«, sagte ich.

Der Patron verbeugte sich und ging.

Livia zwinkerte mir zu und trat dicht neben Ali. »Wo ist denn Ihre charmante Begleiterin?«

»Auf Bildungsreise in Kappadokien.« Er seufzte und setzte sich neben Ünal.

Auf der Treppe hörte ich Yussufs Stimme. Er unterhielt sich auf englisch.

Livia nahm neben mir Platz. »Sie Ärmster!«

»Fürwahr«, sagte Ali und bemühte sich um einen angemessenen Gesichtsausdruck, was ihm aber mißlang, denn in diesem Moment trat Yussuf ins Kaminzimmer – gefolgt von den beiden Finninnen. Daß sie bei dieser Kälte in tief ausgeschnittenen Pullovern und knappsten Miniröcken herumliefen, mußte an ihren hochnordischen Genen liegen.

Sie erkannten uns und kamen an den Tisch. »Heute kein Picknick am Strand?«

»Nein, wir wollten nicht mit den Eisbären und Polarfüchsen unser Mahl teilen«, sagte ich und stellte ihnen Ali und Ünal vor.

Livia gab mir einen sanften Rippenstoß. »Möchten Sie sich nicht zu uns setzen?«

Nur allzu bereitwillig rückten Ali und Ünal zusammen.

Die erste Rakiflasche wurde zu den kalten Vorspeisen geleert, und die zweite brachte Yussuf mit kleinen warmen Köstlichkeiten, die da waren: gebratene Auberginenscheiben mit Yoghurt, hackfleischgefüllte Blätterteigpastetchen und würzige Fleischbällchen. Ali und Ünal überschlugen sich vor Liebenswürdigkeit. Die Finninnen genossen es sichtlich. Sie hießen Hannelenen und Sophie und tranken den Raki wie Wasser.

Als Yussuf den gußeisernen Topf mit der Fischsuppe in die Rostöffnung stellte, war die neue türkisch-finnische Freundschaft bereits durch viele »Cheers« und Scherze gefestigt. Ich hielt mich beim Trinken zurück. Der Kater vom Morgen saß mir noch in den Knochen. Livia mäßigte sich auch. Ali fragte, wo wir die Frauen kennengelernt hätten. Livia erzählte von der Badebucht.

Hannelenen sagte: »Die Japaner sind doch bei diesem Wetter tatsächlich wieder nach Kastellorizon gefahren.«

»Dann werden sie dort übernachten müssen«, sagte Ünal. »Der Schiffsverkehr ist ab dem Nachmittag eingestellt worden.«

»Viel Vergnügen!« Worauf sich Alis Bemerkung bezog, war nicht eindeutig, denn Yussuf servierte Livia den ersten Teller Fischsuppe.

»Gibt das keinen Ärger? Man bekommt ja schließlich bloß ein Tagesvisum.«

Yussuf trug meinen Teller herbei. »Nicht, wenn es derart stürmt, Jost-bey. Da gibt es Ausnahmeregelungen.«

Das leuchtete mir ein. Der Wind rüttelte pausenlos an den Fensterläden. Für eine sichere Passage Kaş/Meis würde man jetzt ein U-Boot benötigen.

Wir schnupperten anerkennend an der Suppe, vielstimmige »Ahs« und »Ohs« wurden vernehmlich.

»Danke, die Herrschaften. Alles, was sie auf dem Teller haben, ist fangfrisch! *Affyet olsun!*« Yussuf eilte davon. Vor der Verandatür hatte sich eine große Wasserlache auf den Holzdielen gebildet.

Die Suppe war ein Gedicht, und das Tischgespräch verstummte kurzzeitig.

»Die gestrandeten Japaner«, sagte Ali plötzlich mitleidsvoll. »Was mögen die gerade in ihrer Ödnis speisen.«

»Vermutlich pappige Tiefkühlpizza«, sagte Ünal und knabberte genüßlich an einem Krebsschwanz. – *Falls* auf Meis überhaupt ein Restaurant aufhat.«

»Sie delektieren sich jetzt eher an aufgewärmten Konservenbohnen türkischer Herkunft«, sagte Ali und verspeiste eine Jackobsmuschel.

»Wir waren gestern das erste Mal auf Kastellorizon«, sagte Sophie. »Kann man dort nicht gut essen?«

»Nein«, antworteten Ali und Ünal wie aus einem Mund.

Yussuf überwachte, wie die Kellner die Wasserlache aufwischten und die Ritze unter der Verandatür mit Tüchern verstopften. »Aber, aber, meine Herren! Lassen Sie doch ein kleines, gutes Haar an den Griechen. Ich habe französische Stammgäste, die oft drüben sind, Segler, sie schwärmen immer von einer Pension, deren Wirtin ein außergewöhnliches Händchen zu haben scheint. Da muß was dran sein. Die Pension beherbergt selbst im Winter Gäste aus aller Welt.«

»Nie davon gehört«, murmelte Ünal.

»Es muß stimmen. Mein Fleischer liefert nach drüben, nur immer vom Feinsten!«

»Dann haben die Japaner vielleicht doch Glück«, sagte Hannelenen, »und ihr Freund logiert dort.«

Ich schaute sie verblüfft an. »Welcher Freund?«

»Na, der im Motorboot«, sagte Sophie. »Haben sie ihn nicht gesehen, als sein Schiff in die Bucht fuhr?«

»Ich habe zwar gesehen, daß die Japaner geholfen haben, ein Boot zu vertäuen, mehr nicht.«

»Ha!« Hannelenen kicherte. »Ein Bild für die Götter, wie sie sich begrüßt haben. Sie standen alle drei bis zur Hüfte im Wasser und haben sich verbeugt wie Aufziehpuppen. Der Typ, der aus dem Boot gesprungen ist, verbeugte sich allerdings viel weniger tief als das Pärchen. Die dippten fast mit den Nasen ins Wasser.«

Yussuf schraubte eine dritte Rakiflasche auf. Livia warf mir einen fragenden Blick zu.

Ich verstand und gähnte. »Tja, so langsam . . .«

Ali schaltete schnell. »Behalte ruhig den Wagen bis morgen mittag, Jost.«

Ich nickte ihm unmerklich zu. Ali mußte nicht befürchten, daß ich mitten in der Nacht auftauchte. Magnussen, hatte mir Livia gesagt, würde nicht mehr nach Kaş zurückkommen, sondern sich mit ihr in Istanbul treffen.

Ünal sprang auf: »Der Radiator! Ich hole ihn sofort!«

Yussuf verbeugte sich. »Falls Sie mit einem elektrischen Heizlüfter von mir vorliebnehmen würden, ich habe einen übrig.«

»Das reicht vollkommen«, sagte Livia.

»Es dauert wirklich nur ein paar Minuten«, insistierte Ünal. »Der Radiator steht drüben im Laden.«

»Ganz reizend von Ihnen«, sagte Livia und zog ihn auf den Stuhl zurück, »aber ein Heizlüfter genügt wirklich.«

Wir froren auch in den folgenden Nächten nicht.

Das Wetter besserte sich, und Verliebtsein macht ohnehin

wohlig warm. Ich verlebte zwei unbeschwerte intensive Tage mit Livia, kaum durch Arbeit unterbrochen. Ein Termin mit dem Innenarchitekten, eine Begehung des Grundstücks mit Ali, ein Einstellungsgespräch mit einem Gärtner, das war's schon. Gelegentlich kam es doch vor, daß ILT uns nicht vierundzwanzig Stunden am Tag auf Trab hielt. Dieser Zustand würde nicht ewig andauern. Ich wartete stündlich auf eine Nachricht der Berliner Zentrale, die mich irgendwohin beorderte. Sie kam am Tag vor Livias Flug nach Istanbul und war erfreulich: Wegen struktureller Veränderungen in der Firma würde ich für ein paar Wochen in Berlin gebraucht werden. – Berlin bedeutete zwar Matsch und Granulat und Baustellen ohne Ende, aber es hatte auch einen Vorteil gegenüber Malta oder Barcelona: Es lag näher an Århus.

»Wir sind oft in Berlin«, sagte Livia. »Zum Beispiel gleich Anfang März, Vater hat eine Tagung in der Stadt.«

Bevor wir uns in der Abflughalle in Antalya umarmten, schrieb sie mir ihre Århuser Telefonnummer auf.

Sie hatte eine sehr frühe Maschine genommen. Ich fuhr geruhsam in der Morgensonne nach Kaş zurück. Die unübersichtlichen Bergstraßen luden mich nicht zum Schnellfahren ein. Die Landeskinder sahen das anders. Sie hupten vor jeder Kurve und durchfuhren sie mit Vollgas. Inşallah! hatte der Saab kräftige Bremsen. Gegen mittag sah ich an einer Kreuzung das Hinweisschild nach Kale/Kekkova. Kurz entschlossen bog ich von der Hauptstraße ab. Dort hatte ich im letzten Jahr mit Ali köstlich gespeist. Das Restaurant war ein einfacher Schuppen am Meer, aber der Fisch war vortrefflich gewesen. Ich erinnerte mich noch genau: knuspriger Zackenbarsch. Der kleine Ort hatte sich binnen eines Jahres auffällig verändert. Es gab viel mehr *lokantalar* und viele halb fertiggestellte Wohnhäuser, Pensionen in spe. Ich fand das Restaurant dennoch auf Anhieb wieder. Ein paar Segeljachten lagen am Steg vor dem Schuppen, eine kam sogar aus Irland.

Das Restaurant hatte jetzt Plastik- statt Blechstühle, und eine mehrsprachige Speisekarte gab es auch. Gottlob war der Zackenbarsch geblieben, was er war: knusprig, fest und nicht zu fettig paniert. Das Restaurant war gut besucht, besser als einige in Kaş um diese Jahreszeit. Ich fragte den Wirt nach den Gründen. Er deutete auf einen aufgebockten Katamaran. »Die Ausländer lassen ihre Schiffe hier überholen, *effendim*. Wir sind billiger als die Werften in Kaş. Und in Kale haben kürzlich ein paar reiche Leute Häuser gekauft.«

Auf der Landzunge von Kale hätte ich auch gerne ein Haus besessen, unterhalb der Burgruine, mit Blick über die Insel Kekkova und ihre halb versunkene lykische Stadt.

Zwei Gäste verließen die Lokanta. Der Patron eilte, sie zu verabschieden, einen dürren, unrasierten Türken und einen stämmigen Asiaten undefinierbaren Alters.

Der Wirt kehrte zu mir zurück. Ohne jede Spur von Neid, beinahe mit Ehrfurcht, sagte er: »Eben der Herr aus Japan, zum Beispiel, besitzt sogar einen beheizbaren Swimmingpool auf seinem Grundstück.«

Ich trank meinen Kaffee aus, bezahlte und schlenderte zum Wasser. Die Fischer landeten ihren Fang an. Ich kaufte eine prächtige Goldbrasse, ein ausreichendes Abendessen für Ali und mich. Das *Eriş* würde für uns die fachgerechte Zubereitung übernehmen.

Ein Bootsmotor heulte auf, und ein gelber, eleganter Flitzer schoß aus dem Schatten der irischen Segelyacht gen Kale. Es war das Boot, das ich in der Badebucht von Kastellorizon gesehen hatte. Der Pasche aus Japan stand aufrecht am Steuerruder, der Türke räkelte sich auf dem Vordeck. »*Zengin bir adam*«, murmelte der Fischer ehrfürchtig. »*Ein wohlhabender Mann*, er soll auch auf Meis eine Villa haben.«

Kastellorizon – bei der Erinnerung an Livia wurde mir schwer ums Herz wie einem Primaner. ›Jost‹, sagte ich mir energisch, ›du wirst demnächst ins vierte Lebensjahrzehnt treten, halt die Bälle flach!‹

Meine Eigenbeschwörung klang mir selber reichlich hohl: Ich fieberte Livia wiederzusehen, und der erste März erschien mir in unendlicher Ferne zu liegen.

Aus einer neuen Lokanta wehten Popmusikfetzen. Ich ging mit unserem Abendessen zum Auto. Der Saab war in der Mittagssonne ziemlich heiß geworden, aber bis Kaş war es nicht mehr weit. Ich verzichtete darauf, die Klimaautomatik anzuschalten, und fuhr mit heruntergelassenen Fenstern durch die Dörfer. Die Leute auf der Straße winkten mir freundlich zu: ein Ausländer, der Livaneli-Kassetten in voller Lautstärke spielte!

Auf der Terrasse fand ich einen deprimierten Ali vor. Er reichte mir ein Fax mit dem ILT-Logo. »Mehmet aus Istanbul wird morgen die Bauaufsicht übernehmen. Ich muß mit dir nach Berlin. In der Firma wird alles reorganisiert. Wir sind aufgekauft worden.« Ali rang die Hände in stummer Verzweiflung. »Mein Gott, warum konnte der Kelch nicht an mir vorübergehen! Ausgerechnet Berlin im Winter, dauergrauer Himmel, Straßen voller halbgefrorener Hundescheiße. Und das, wo es hier bald richtig Frühling wird.«

Das einzig Beruhigende an dem Schreiben war die Zusicherung an alle Mitarbeiter, daß man uns komplett zu den alten ILT-Bedingungen übernehmen würde.

»Immerhin«, sagte ich, »müssen wir auch in Zukunft nicht stempeln gehen.«

»Schon«, sagte Ali. »Aber dir ist doch wohl klar, was da auf uns zukommt.«

»Sicher«, sagte ich. »Garantiert mehr Arbeit bei gleichem Entgeld. – Aber einen Moment, bitte. Ich will dir auch etwas zeigen.« Ich ging zum Saab und holte den Fisch.

»Alle Wetter!« rief Ali. Seine gedrückte Stimmung verflog momentan bei der Vorfreude auf Goldbrasse à la Yussuf.

Das Telefon klingelte. Hannelenen war am Apparat. Ali bedeckte die Sprechmuschel mit der Hand. »Sag mal, Jost, der Fisch reicht doch bestimmt für drei.«

8 Fahrerflucht in Kreuzberg

Wir übergaben Mehmet den Wagen am Flugplatz.

»Aufrichtiges Beileid, meine Herren: plötzlicher Kälteeinbruch in Mitteleuropa. Selbst in Istanbul hat es gestern geschneit.«

»Ich habe es geahnt«, grummelte Ali und kramte einen dicken Pullover aus seinem Handgepäck.

»Und das sind die neuesten Nachrichten von der Zentrale.« Mehmet wedelte mit einem dicken Couvert.

Der japanische Mischkonzern Kokubo hatte 51 Prozent der ILT-Anteile erworben. Kokubo besaß Chemie, Reedereien, Warenhäuser und nun auch die Majorität bei einem Touristikunternehmen der Spitzenklasse.

»Von Japan lernen heißt siegen lernen«, grummelte Ali. »Ob wir alle in ein Großraumbüro gesteckt werden und morgens die Firmenhymne singen müssen?«

Mußten wir nicht. Kokubo hatte lediglich investiert. Entlassen wurde niemand, im Gegenteil, dank der nipponesischen Geldspritze konnte ILT expandieren. Der Firmenname blieb bestehen und Heribert Neumann-Lechner weiterhin unser Boß.

In Berlin empfing uns sibirische Kälte. Viele unserer Mitreisenden hatten erst im Flugzeug von dem Kälteeinbruch erfahren. Wir sahen sie bibbernd zur Taxischlange eilen.

»Ich halte das alles im Kopf nicht aus«, murmelte Ali, als wir uns wegen der vereisten Fahrbahn im Dauerstau die Straße des 17. Juni entlangquälten und durch das Brandenburger Tor fuhren. »Ünal gibt heute eine Gartenparty, und wir schlittern hier durch die Gegend.«

Auf dem Pariser Platz stoppte uns die Polizei. Der Taxifahrer steckte den Kopf aus dem Fenster. »Dauert's lange?«

Der Polizist schüttelte den Kopf. »Die wenden bloß und fahren zum Schloß Bellevue.«

Die waren Staatsbesuch aus Honduras auf dem Weg zum Amtssitz des Bundespräsidenten. Die Wagenkolonne vor dem *Adlon* setzte sich blau blinkend in Bewegung. Die Doormen vor dem Hotel vollführten wegen der Kälte verhaltene Stepptänze.

»Warst du schon drinnen?« Ali machte eine Kopfbewegung zum Hotel hin.

»Ja.«

»Und?«

»Mir gefällt es. ILT wollte dort zwei Suiten permanent mieten. Ich weiß nicht, ob es geklappt hat.«

Wir bogen in die Friedrichstraße ein.

»Wieder eine neue Umleitung«, knurrte der Taxifahrer. »Mit dem Wagen zur südlichen Friedrichstraße zu gelangen ist manchmal komplizierter als eine Magisterprüfung an der Uni.«

Ich musterte ihn. Unter dem Taxameter steckten Bücher. Das Cover des obersten war mir vertraut: John Fowles, *The Magus*. Unser akademischer Kutscher hatte wohl Anglistik studiert. Wenigstens war die Berliner Taxifahrerszene noch unverändert.

ILT hatte Büroräume in einem restaurierten Altbau. Ali war beruhigt. Großraumbüros würde es in dem Gebäude kaum geben.

»Sie werden schon erwartet.« Frau Hellinger, die Chefsekretärin, führte uns zu unserem Boß. Heribert Neumann-Lechner residierte neuerdings mit Blick auf das American Business Center. Offenbar hatte man weitere Räume im Haus angemietet. Er war ein Mann der kurzen Rede und des martialischen Händedrucks. »Willkommen in Berlin. Morgen um acht Uhr habe ich eine Sitzung der leitenden Mitarbeiter und der wichtigsten Teamer anberaumt. Frau Hellinger hat für Sie

Zimmer im Kempinski gebucht, bis Sie eine Wohnung gefunden haben.«

Noch ein energischer Händedruck. Damit waren wir entlassen.

»Was jetzt?« Ali schaute mürrisch auf das Schneetreiben. Ein Lieferwagen mit der Aufschrift *Gourmet Express* kam auf der vereisten Fahrbahn ins Rutschen und prallte seitlich gegen eine Straßenlaterne. Die riesige Plastiklanguste auf dem Dach kam nicht zu Schaden. Die Thermofenster ersparten uns das unangenehme Geräusch, wenn Metall sich an Metall reibt.

Frau Hellinger rief uns ein Taxi. »Ihre Dienstwagen sind heute leider zur Inspektion«, sagte sie entschuldigend. »Aber morgen mittag stehen sie für Sie bereit.«

Auch das gibt es in Berlin: das Taxi war ein italienischer Oldtimer. Bis zum Kempinski zählte ich drei Auffahrunfälle.

Ali schüttelte betrübt den Kopf. »Diese Berliner – immer noch wie früher. Kaum fällt eine Schneeflocke, kracht's.«

Ich fand das unfair, weil ich an seinen angebeulten Saab denken mußte, war aber froh, bei dieser Witterung bald mit solidem Schwedenstahl durch die Gegend fahren zu können.

Nachdem wir im *Kempinski* unser Gepäck auf die Zimmer gebracht hatten, trafen wir uns in der Lobby.

»Was nun?« Ich blätterte im neuen *tip*.

»Ein Studienfreund von mir hat in Kreuzberg eine Kneipe«, sagte Ali. »In der Oranienstraße. Hast du Lust?«

Der ehemalige Kommilitone hatte eine gutaussehende Schwester. Ali begann sich für Berlin zu erwärmen. Es endete damit, daß wir weit nach Mitternacht, unempfindlich gegen Kälte und Ostwind, ins Hotel zurückkehrten, allerdings hatte der Weckdienst am nächsten Tag seine liebe Not, Ali und mich aus den Federn zu bringen.

Neumann-Lechner blickte in die Runde und sah zufriedene

Gesichter. »Natürlich werden einige Veränderungen im Konzept notwendig sein, aber ich versichere Ihnen, eine verstärkt asiatische, finanzkräftige Klientel wird uns in Zukunft gigantische Zuwachsraten bescheren. Direktor Fujita, der die Kokubo-Belange bei ILT vertreten wird, hat angekündigt, jedem unserer Führungskräfte persönlich die zukünftige Geschäftspolitik zu erklären.«

Tron, mit dem ich vor der Sitzung bloß ein paar Worte wechseln konnte, rümpfte die Nase. Er hatte einmal als Dolmetscher für eine japanische Reederei gearbeitet. Die Aussicht, womöglich wieder die Welt von einem Wirtschaftsguru aus Nippon erklärt zu bekommen, erheiterte ihn wenig.

Ich saß neben Professor Müller. Von den anderen Teamern war sonst niemand da. »Aha, man will uns doch noch ein wenig abklopfen!« raunte ich ihm zu.

Er lächelte. »Ich denke nicht, daß es unangenehmer sein wird als im Polizeipräsidium von Antalya oder was ich in der Normannenstraße bei VEB Horch-und-Greif erlebt habe.«

Professor Müller, unseren Türkei-Experten, hatten Ali und ich sehr schätzen gelernt. Er war ein »abgewickelter« DDR-Archäologe, der nach der Wende zu uns gefunden hatte, um seine Rente aufzubessern. Als renommierter Wissenschaftler hatte er auch zu DDR-Zeiten ins westliche Ausland reisen dürfen. Mehr als einmal war er wegen unsozialistischer Äußerungen vor dem Klassenfeind ins MfS gebeten worden, aber ein Neffe von ihm, der ein hohes Tier bei der Stasi war, hatte die Probleme jedesmal irgendwie ausbügeln können. Die Mauer fiel, Professor Müller wurde nahegelegt, in die Vorruhestand zu gehen, man hätte da Akten gefunden . . .

Nico Müller wußte aus seiner Erfahrung mit der Stasi, daß er keinen begabten Kämpfer im Bürokratiedschungel abgab – und war gegangen.

»Warum ist Frau Rönneburg nicht hier?«

Ich mußte einen Moment nachdenken. »Sie bereitet meines Wissens eine Tour vor. ›Auf den Spuren der Hügelgrabkulturen in Skandinavien‹ oder so ähnlich.«

Professor Müller nickte. »Das klingt nach Petra. Sie hat über die Megalithbauten auf Malta promoviert.«

Neumann-Lechner beendete die Sitzung. Ich ließ mir von Frau Hellinger eine Liste der Wohnungsmakler geben, mit denen wir in Berlin kooperierten. Ich würde das nächste halbe Jahr überwiegend in der Zentrale arbeiten und hatte keine Lust auf ein permanentes Hotelleben aus dem Koffer.

Frau Hellinger schlug ihren Terminkalender auf. »Schauen Sie nachher noch im *Adlon* vorbei?«

»Ich bin mit einem der Direktoren um 16 Uhr verabredet«, sagte ich. »Es wird vermutlich schwierig werden, eine zusätzliche Suite für ILT zu bekommen, hat man mir angedeutet. Aber mal sehen, was ich erreichen kann.«

Als ich aus dem Sekretariat kam, unterhielt sich Tron mit Professor Müller. »Wo ist Ali?«

»Herr Ökan hat telefoniert«, sagte Professor Müller, »und dann etwas von einem geschäftlichen Termin gemurmelt, den er unbedingt wahrnehmen muß.«

Ich wußte genau, daß Ali heute keinen Geschäftstermin hatte. Ich tippte auf eine Verabredung mit der Schwester des Studienfreundes.

Tron blickte aus dem Fenster. Der ramponierte *Gourmet-Express*-Lieferwagen von gestern wurde gerade abgeschleppt. Die Languste auf dem Dach schien ihn zu inspirieren. »Wie steht es mit einem kleinen Happen, Jost?«

Ich blickte auf die Uhr. Bis zu meinem *Adlon*-Termin blieb noch reichlich Zeit. »Von mir aus, nichts dagegen! – Sie, Herr Professor?«

»Eine gute Idee, gerne.«

Tron räusperte sich. »Darf ich einen Wunsch äußern.«

»Aber ja, bitte!«

»Ich war noch nie in Kreuzberg.«

»Nichts einfacher als das«, sagte Professor Müller. »Mit dem Auto sind es bloß zehn Minuten. Ich kenne einen fabelhaften Türken in der Adalbertstraße. – Garantiert nicht der übliche Döner-Imbiß, kann ich nur empfehlen.«

»Adalbertstraße? Ist da die Oranienstraße in der Nähe?«

»Ja, warum?«

»Die Gegend um die Oranienstraße soll so eine Art Klein-Soho sein, wenn man der norwegischen Presse Glauben schenken darf.«

Professor Müller und ich lachten laut los.

Tron sagte irritiert. »Ist was?«

»Laß dich überraschen«, sagte ich. »Mein Wagen steht in der Tiefgarage.«

Professor Müllers Restauranttip war ausgezeichnet. Sogar das Brot wurde im *Hasır* täglich frisch gebacken. Wir aßen ein perfekt gewürztes Adana Kebab. Tron war ein bißchen enttäuscht von Kreuzberg. Die verfrorenen Punks sahen wie die in Oslo aus, und ihre Hunde waren genauso friedlich. Die Türken lieferten sich keine Messerstechereien, sondern verkauften brav ihr Gemüse, und mein Saab schien zwischen dem 600er des Işbank-Direktors von gegenüber und einem grauen Schneehaufen auch nicht sonderlich gefährdet. Im Restaurant herrschte trotz der wenigen Fußgänger auf den vereisten Straßen Hochbetrieb. Der Laden mußte eine Goldgrube sein. Es war ein ständiges Kommen und Gehen. Obwohl wir einen Tisch in einer Ecke hatten, spürten wir jedes Mal den Schwall eisiger Luft, den die Eintretenden wie eine frostige Aura mitbrachten. Kein Tisch blieb lange frei. Verständlich, denn wie mir der Kellner erklärte, hatte man sogar einen eigenen Metzger. Mein *Adlon*-Termin rückte langsam näher. Wir standen auf. Ich bot Tron und Professor Müller an, sie vorher noch schnell im *Kempinski* abzusetzen. Sie waren damit einverstanden.

Ein weiterer S-Klassen-Mercedes hielt in zweiter Spur

vor dem Restaurant. Ihm entstiegen vier sehr gut gekleidete Türken, Geschäftsleute in internationaler Business-Uniform, dunkle Maßanzüge und dezente Hermès-Krawatten. Sie gingen in den hinteren Gastraum. Ein paar Stufen führten zu ihm hoch. Plötzlich klingelte ein Handy. Fast jeder dritte Gast reagierte. Tron und ich auch. Fehlanzeige, denn einer der Geschäftsleute eilte die Treppe herunter und stellte sich mit dem Rücken zum Wind vor den Eingang. Er gestikulierte wild beim Telefonieren. Sein flatternder Arm mochte aber auch eine Methode sein, nicht auf der Stelle zu einem Eisblock zu erstarren. Minus zwanzig Grad Celsius hatte mein Bordcomputer angezeigt. Außerdem war es mir schleierhaft, wie dieser Mensch sein eigenes Wort verstehen konnte, denn die nachmittägliche *rush hour* hatte eingesetzt. Eine lückenlose Blechlawine begann sich durch die Adalbertstraße Richtung Kreuzung Oranienstraße zu schieben.

Wir zahlten an der Kasse.

Professor Müller starrte auf die Straße. »So wie es aussieht, wird es für Sie knapp mit der Zeit. Ich denke, ich bleibe in Kreuzberg und stöbere ein wenig in den Antiquariaten.«

Ich schaute auf die Uhr. »Danke.«

»Weißt du was?« sagte Tron. »Eh du Streß kriegst, nimm mich einfach zum *Adlon* mit. Ich trinke einen guten Digestif und schaue mir den Laden mal genauer an.«

Unser alter Tisch war bereits wieder besetzt. Professor Müller setzte sich auf einen freien Platz neben der Treppe zum hinteren Gastraum und bestellte ein Glas Tee.

Als Tron und ich aus der Tür traten, gestikulierte der Türke nicht mehr. Mit der freien Hand hielt er die Jackettrevers zusammen, während er ins Handy sprach. Wir spurteten zum Auto.

Zwei Minuten vor vier lenkte ich den Saab in die *Adlon*-Tiefgarage. Wir hatten für die wenigen Kilometer von Kreuzberg zum Pariser Platz länger gebraucht, als die reguläre Flugzeit zwischen Berlin und Hamburg beträgt.

Mein Gespräch mit den *Adlon*-Managern war leider nicht von Erfolg gekrönt, immerhin versprach man ILT sofort zu benachrichtigen, falls eine Suite längerfristig frei würde.

Die Stunden, die ich mit Tron danach in der Hallenbar verplauderte, waren ergiebiger. Ich berichtete, was Ali und ich in der Türkei erlebt hatten, und erfuhr im Gegenzug einiges über die Hintergründe der *Kokubo*-Beteiligung. Der japanische Konzern hatte sich in den letzten Wochen europaweit engagiert, überwiegend in der Reise- oder Transportbranche. An der Reederei, für die Tron früher gearbeitet hatte, besaß *Kokubo* jetzt auch die Mehrheitsanteile.

Viel reden macht durstig, und viel trinken macht hungrig. Im *Adlon*-Restaurant genehmigten wir uns ein leichtes Drei-Gang-Menü mit Blick auf das angestrahlte Brandenburger Tor, und einen erdigen, roten Frankenwein. Aus einer Flasche wurden schnell zwei, dann drei. Es war kein ganz billiger Abend, weil Tron darauf bestand, nach dem Essen auch noch mehrere alte Cognacs zu vergleichen. An Autofahren war natürlich nicht mehr zu denken. Wir ließen den Saab in der Tiefgarage und fuhren mit dem Taxi zum Kempinski.

»Herr von Warberg? Einen Moment, bitte!«

Es war eine Nachricht von Ali. Er mußte sehr in Eile gewesen sein. Ich hatte meine liebe Not, seine krakelige Schrift zu entziffern. Professor Müller hatte anscheinend gegen siebzehn Uhr einen Verkehrsunfall gehabt. Ali war zum Urban-Krankenhaus nach Kreuzberg gefahren.

Ich reichte Tron die Notiz.

Im selben Moment kam Ali durch die Drehtür.

»Was ist mit Professor Müller?« fragte ich.

»Er ist tot.«

»Was?« Tron ließ den Zettel sinken.

»Tot«, sagte Ali.

Ich starrte ihn an und tastete nach meiner Zigarettenschachtel. »Wir waren kurz nach drei noch alle in der Adalbertstraße essen.«

»Es ist ganz in der Nähe passiert.«

»*Was* ist passiert?«

»Ein Lastwagen hat ihn in der Prinzessinnenstraße überrollt. Der Hausmeister von dem Gewerbehaus, wo das Kino drin ist, hat sofort die Feuerwehr alarmiert. Er war gerade beim Schneefegen und hatte zufällig ein Handy dabei.«

»Und?« Ich bot Zigaretten an. Tron schüttelte den Kopf.

Ali nahm eine Camel. »Das Schwein hat Fahrerflucht begangen.«

Tron zerknüllte den Zettel. »Scheiße.«

Ich gab Ali Feuer. »Hat der Hausmeister sich die Autonummer gemerkt?«

»Schon, aber der Laster ist kurz vorher als gestohlen gemeldet worden.«

9 Besuch aus Dänemark

Der Täter wurde nicht gefaßt. Den Lkw fand man in der Nacht auf dem Alex-Parkplatz.

Am Tag nach Professor Müllers Beerdigung zog ich um. Ich hatte die Nase voll von der Berliner City und vom Leben in Hotels, mochten sie vier oder fünf Sterne besitzen. Ali und ich waren wegen der Firmenumstrukturierung überwiegend zu Schreibtischarbeit verurteilt, was den Vorteil regulärer Bürostunden hatte, aber auch den Nachteil, gleich zweimal den Berufsverkehr genießen zu dürfen. Da half auch kein ledergepolsterter 95er. Der Verkehr war mir einfach zu hektisch.

Ich mietete ein möbliertes Appartement im Grünen, im Reinickendorfer Ortsteil Hermsdorf. Den Saab benutzte ich bloß noch am Wochenende. Bis zum S-Bahnhof waren es nur fünf Minuten zu Fuß. Dennoch gelangte ich mit der Bahn schneller in die Friedrichstraße als manchmal mit dem Auto vom *Kempinski* zu ILT.

Ali hatte eine kleine, luxuriöse Dachwohnung am Savignyplatz gefunden. Auch er fuhr mit der Bahn zum Büro. Privat sahen wir uns selten. Seine Kreuzberger Eroberung hieß Gitta und absorbierte ihn vollständig. Sie besaß einen großen Freundeskreis, der anscheinend täglich irgendwelche obskuren Parties veranstaltete.

»Gestern war ich auf einem Fest in Neukölln. Ein abgedrehter Schriftsteller hatte Geburtstag. Alle Frauen trugen Tamagochis um den Hals und sahen aus wie Oma Duck, und die Männer wie Gustav Gans. Zu essen gab es Chicken Burger und zu trinken Gänsewein, der sich als Shit-Tee herausstellte. Als alle reichlich davon intus hatten, sang eine Französin hingebungsvoll die Ballade von *Mickey Mouse im Freudenhaus.*

Sehr stimmungsvoll, Jost. Die Dame trug einen Lendenschurz aus Pfauenfedern, sonst nichts.«

Während sich Ali mit der Stadt anfreundete, machte ich lange, einsame Spaziergänge im Tegeler Fließ. – Livia! – Ich zählte die Tage bis zu ihrer Ankunft, wie ein Strafgefangener die Frist bis zu seiner Entlassung.

Aus Kaş gab es auch Neuigkeiten. Die japanischen Studenten waren verhaftet worden. Sie hatten Antiquitäten nach Kastellorizon schmuggeln wollen. Ünal kannte den Chef der Jandarma. Er und der Hauptmann spielten jeden Mittwoch im *Eriş* Tavla. Der Offizier hatte sich bei Ünal beiläufig nach Holden erkundigt. Man schloß bei der Polizei nun nicht mehr aus, daß der Badeunfall mit den Schmuggeltätigkeiten zusammenhing, aber bis das Unfallprotokoll aus Griechenland kommen würde, konnten gut ein paar Wochen ins Land gehen.

Ich berichtete Ali von unserer Überfahrt nach Meis und von den sarkastischen Bemerkungen des Kapitäns bezüglich japanischer Vergeßlichkeit.

Ali stieß einen Pfiff aus. »Das ergibt durchaus einen Sinn, mein Lieber. Wann ist denn der Student wieder zu euch gestoßen?«

Ich überlegte. »Es hat schon einige Zeit gedauert. Als er seine Brille holen ging, waren wir fast am Hafenamt.«

»Hatten die Griechen eine Wache am Schiff postiert?«

Ich verneinte.

»Das sieht ihnen ähnlich«, feixte er. »Der Japaner hätte also theoretisch ausreichend Zeit gehabt, etwas vom Schiff zu schaffen, ohne daß Ahmet und sein Steuermann das merken konnten, weil sie ja die Formalitäten für euch erledigen mußten. – Tja, die Griechen sind halt Chaoten.«

»Moment, Ali! Lückenlos war die Überwachung in Kaş nun auch nicht gerade. Kein Schwein hat sich dafür interessiert, was wir in den Rucksäcken und Taschen hatten. Ich hätte locker einen Stapel Kelims nach Kastellorizon schaffen können.«

Mein Einwand bereitete ihm sichtlich Unbehagen. Trotzig sagte er: »Unsere Polizei hat sie geschnappt und nicht die Griechen. Denen ist scheißegal, ob man uns die Altertümer klaut.«

Manchmal war es hoffnungslos, mit Ali zu reden. Er wußte doch am besten, wie es um einige türkische Beamte bestellt war, wenn man mit Geldscheinen wedelte.

»Hat Ünal dem Offizier eigentlich gesagt, was er von Holden hält?«

»Natürlich nicht. Er ist doch kein Selbstmörder. Falls nur der Schatten eines Verdachts auf ihn fällt, ist er seine Händlerlizenz los, Tavlakumpel hin, Tavlakumpel her.«

»Und wo steckt Holden?«

»Ünal meint, er ist vermutlich in England. In Kaş und Umgebung hat er sich jedenfalls nicht wieder blicken lassen, seit dem Abend im *Sunrise*.«

Mit Livia telefonierte ich täglich. Als ich auf Holden zu sprechen kam, lachte sie. »Keine Bange, Jost! Mein alter Herr ist ja nicht auf den Kopf gefallen. Er hat den Ranken-Kelim natürlich nicht gekauft. Der Typ war ihm zu windig.«

»Es bleibt beim ersten März?«

»Ja.«

Der Monatsanfang fiel auf einen Freitag. Ich meldete einen Urlaubstag an. Die Magnussens würden im *Adlon* absteigen.

Es kam, wie es kommen mußte. Ali lernte Gittas Freundin Britta kennen und hatte ein Problem. Scheinbar ein unaufschiebbares. Er lud mich nach der Arbeit in ein sündhaft teures Restaurant in Charlottenburg ein.

»Wann reist denn deine Angebetete an?«

»Übermorgen.«

»Du bist nicht heute abend zufällig – in Brüssel?«

»Nicht daß ich wüßte.«

Ali rief pathetisch: *Allah!*

Ich ahnte, was auf mich zukam. Ali besaß die Kunst der perfekten Überredung. Nach dem köstlichen Mahl im *Florian* tauschten wir die Wohnungsschlüssel.

»Falls Gitta anrufen sollte, kannst du ja sagen, *ich* mußte überraschend nach Brüssel.«

»Und wie erkläre ich ihr, daß ich bei dir bin?«

»Ich bitte dich, Jost! – Ganz einfach, du hast Streß mit deiner Freundin, und ich hab dir die Wohnung überlassen!«

Mir fehlten die Worte. Aber was sollte ich tun? Ali bestellte zum Abschluß Calvados, auf Flasche gezogen im Jahr meiner Geburt.

Am Donnerstag bekam ich meine Wohnungsschlüssel wieder und obendrein einen Vortrag über die Vergänglichkeit des Seins aus der Sicht der Sufis. Ein zum Philosophieren aufgelegter Ali hieß: Britta hatte sich bezirzen lassen.

Mit monotoner Stimme begann er ein nicht enden wollendes osmanisches Gedicht zu rezitieren. Von Weltschmerz war die Rede, von Totenäckern und schwarzen Vögeln, die mit matten Schwingen in die Düsternis glitten. Von Krieg und Ungemach handelte das Gedicht, von Häusern, die leer und verwüstet dem Zahn der Zeit ausgesetzt waren.

»Ich hoffe, ihr habt mir *meine* Bude nicht völlig verwüstet. Livia kommt morgen.«

Ali schaute mich entrüstet an. »Mit dieser Bemerkung enttäuschst du mich jetzt wirklich, Jost! Wir haben sogar *deinen* Abwasch noch mitgespült!«

»War doch gescherzt, Ali. Ich gelobe Besserung.«

Ali nach einer Liebesnacht in seinem Monolog zu unterbrechen war unverzeihlich. Um meinen vergnatzten Freund wieder gnädig zu stimmen, gab es aber eine sichere Methode: Ich lud ihn zum Essen ein.

Er grummelte noch ein paar Takte, dann sagte er: »Tron hat es im *Hasır* gut gefallen.«

Unser Trinkgeld an dem Nachmittag war nicht unbeachtet geblieben. Der Kellner begrüßte mich wie einen alten Stammgast. Kreuzberg, *Küçük Istanbul,* Klein-Istanbul, ich genoß die aufmerksame Bedienung sehr. Den Salat nicht mit Schafskäse? – *Problem yok!* Anstelle von Reis dünnes Fladenbrot? – *Buyrun,* effendim! – Bitte, der Herr!

Ali nickte anerkennend, als unsere Lammfleischspieße gebracht wurden. Das Restaurant war wieder bis auf den letzten Platz besetzt. Die türkischen Geschäftsleute der Umgebung schauten auf einen Tee herein, tranken ihn im Stehen. Wir hatten einen Tisch am Fenster im vorderen Gastraum. Ich wischte ein Loch in die beschlagene Scheibe. Durch die Adalbertstraße schob sich der Feierabendverkehr. Es war noch immer bitter kalt.

Ali betrachtete wohlwollend, wie geschickt der Kellner ihm den Mokka aus dem Kupfertiegel einschenkte. »Ah!« sagte er. »Das ist eine Oase in der Wüste. Ist dir aufgefallen, daß er die Tasse . . .«

Ali verstummte mitten im Satz. Er vergrößerte das Guckloch in der Schaufensterscheibe und drückte die Nase gegen das Glas.

Einem Jaguar entstiegen drei Männer. »Ja, ist denn das die Möglichkeit? Das ist doch Mustafa!« Ich beugte mich vor. Kein Zweifel! Magnussens Dolmetscher preßte den Hut fest in die Stirn und betrat das Restaurant. Einen seiner Begleiter erkannte ich auch wieder. Es war der Mann mit dem Handy.

Die Männer verschwanden schnell in der hinteren Gaststube.

Ali war erleichtert. Ich wußte, was er von Mustafa hielt. »Gut, daß er uns nicht bemerkt hat. Ein Small talk mit ihm wäre so etwa das letzte, worauf ich jetzt Lust hätte. Weißt du, wie Ünal ihn nennt?«

»Ich weiß nur, daß er ihn auch nicht besonders mag.«

Ali warf den Kopf nach hinten und fuhr sich mit dem

Handrücken über die Nasenlöcher. »Er nennt ihn ›Schleimer‹.«

Ich winkte dem Kellner. Auf eine Begegnung mit Mustafa war ich auch nicht sonderlich erpicht.

Ali schaute mich an. »Ich dachte, die Magnussen-Sippe samt Anhang trudelt erst morgen ein.«

Ich beglich die Rechnung und zuckte mit den Achseln. »Über Mustafa haben Livia und ich nicht gesprochen. Magnussen kommt zu einem Wirtschaftskongreß. Vielleicht ist Mustafa eine Art Vorauskommando.«

Vor dem Restaurant hielten wir nach einem Taxi Ausschau.

»Mustafa ist nicht die Vorhut, er ist das letzte Arschloch«, knurrte Ali. Wie um seiner Äußerung Nachdruck zu verleihen, drückte er seine Zigarette mit der Schuhsohle aus.«

Ein Taxi kam. Ich bat den Fahrer, einen Umweg über den Wittenbergplatz zu nehmen. Ali zog fragend die Augenbrauen hoch.

»Ich muß noch einkaufen. Wie du vermutlich mit Gitta . . .«

»Britta«, korrigierte Ali.

». . . mit Britta festgestellt hast, gähnt in meinem Kühlschrank die Leere.«

»Das allerdings«, sagte Ali, »zum Glück ist nicht weit von dir ein guter Italiener, *GALLO D'ORO*.«

»Ich weiß, aber ein paar Frühstückshappen wollte ich dennoch besorgen.«

Am Wittenbergplatz stieg ich aus, fand eine freie Telefonzelle und rief in Århus an. Es blieb noch Zeit bis zum Ladenschluß. Eine Frau, offenbar die Haushälterin, sagte mir, daß Fräulein Magnussen noch im Büro sei, und gab mir die Nummer. Es war genau achtzehn Uhr.

»So spät noch fleißig?«

Ein Seufzer war die Antwort. »Du kannst dir nicht vorstellen, wie es auf meinem Schreibtisch aussieht. Bei uns tobt eine Grippewelle. Ich bin praktisch ganz allein in der Verwaltung. Und packen muß ich auch noch. Ich lande übrigens um elf in Tegel. Mein Vater kommt schon eine Maschine früher und trifft sich gleich danach mit Geschäftsfreunden im *Adlon*. Es geht um die neuen EG-Richtlinien für Großexporteure.«

»Wirst du auch am Kongreß teilnehmen?«

»Nur bei der Abschlußgala am Sonntag, quasi als Dekoration für Daddy.«

»Elf Uhr, sagtest du? Ist das die Maschine aus Kopenhagen?«

»Ja.«

»Ich bin am Flugplatz. – Da fällt mir ein, kann es sein, daß ich Mustafa gesehen habe, oder war das ein Phantom?«

»Wo?«

»In einem türkischen Restaurant.«

Irgend jemanden mußte die Grippeepedemie doch noch verschont haben. Ich hörte Livia tuscheln.

Dann sagte sie: »Du hast wahrscheinlich richtig gesehen. Ich erfahre gerade, daß er schon nach Berlin vorgeflogen ist.«

»Ach, so!«

»Jost?«

»Yes, Mylady!«

»Ist deine Küche in einem brauchbaren Zustand?«

Ich zählte auf, womit sie alles ausgestattet war.

»Dann habe ich eine Bitte.«

Livias Bitte war lang. Ich notierte: Balsamessig, Jakobsmuscheln, Kenia-Bohnen, frischer Ingwer, Sauerrahmbutter . . . Als Sie mit der Aufzählung endete, hatte ich die Rückseite der *Hasır*-Rechnung dicht beschrieben.

Ich plünderte befehlsgemäß die Lebensmittelabteilung, vergaß auch Livias bevorzugte Champagnermarke nicht. Eigentlich wollte ich mit der BVG nach Hause fahren, aber in

Anbetracht von acht prallgefüllten Plastiktüten nahm ich doch ein Taxi nach Hermsdorf.

Ich füllte den Kühlschrank bis auf den letzten Kubikzentimeter und machte es mir auf meinem Lieblingssessel bequem. In Reichweite standen eine gerade erworbene Flasche *Marc de Bourgogne* und ein Cognacschwenker. Dann schlug ich das Buch auf, das ich zufällig in der KaDeWe-Buchhandlung entdeckt hatte. Es war Lawrence Durrells *Livia* und trug den verheißungsvollen Untertitel *or Buried Alive.* Ich begann zu lesen, konnte mich aber kaum konzentrieren, weil ich mir ständig unser Wiedersehen ausmalte.

Ob sie noch da war, die zärtliche Vertrautheit, die sich gleich in unserer ersten gemeinsamen Nacht eingestellt hatte? Das Gefühl, als würden wir uns bereits ewig kennen?

Es mußte der Untertitel sein, der mir das Gift des Zweifels eingegeben hatte. – ›Sei kein Phantast, Jost!‹ flüsterte mir eine innere Stimme zu. ›Kaş, das war Urlaub und Sonne. Ein intensiver Urlaubsflirt. Denk nach, es war nicht der erste in deinem Leben! – Berlin, das ist bleigrauer Himmel und kalter Ostwind.‹

Ich schlug das Buch zu. Würden wir anknüpfen können an die Tage am Mittelmeer, oder würde der *spirit of place* mir eine andere, eine verwandelte Livia präsentieren, vielleicht eine distanziertere? – Wenn, dann hieße das wirklich, lebendig begraben zu sein.

Ich goß mir nach und starrte auf die schneebedeckten Tannen unter der Straßenlaterne.

›Unsinn, Jost!‹ sagte eine andere, energische Stimme in mir. ›Morgen ist sie da, und alles wird gut. Laß lieber die Hände vom *Marc* und üb dich in positivem Denken! Und hör endlich auf, wie ein Siebzehnjähriger zu faseln!«

Ich untermauerte mein positives Denken sicherheitshalber mit einem letzten, doppelten *Marc de Bourgogne,* stellte den Wecker auf acht Uhr und schlief zügig ein.

Als mich Livia am Flugplatz umarmte, waren alle meine Befürchtungen im Nu zerstoben. Ich hatte nur noch einen Gedanken. Sie scheinbar auch.

»Zu mir, oder zu dir?« Sie schulterte ihre Reisetasche.

»›Zu dir‹, heißt sicherlich ins *Adlon.* Nichts gegen das Haus, Livia«, ich öffnete ihr die Beifahrertür. »Aber was soll aus dem gigantischen Einkauf werden, den du mir aufgetragen hast? Mein Kühlschrank platzt aus allen Nähten. Und außerdem . . .«

»Ja?« Sie schmiegte sich an mich.

»Im *Adlon* gibt es vermutlich keine Livaneli-CDs.«

»Das, mein Freiherr, ist ein Argument.« Sie stieg ein. Ich stellte ihre Tasche auf den Rücksitz und fuhr los.

In Kaş hatten wir uns endlos bei Livanelis Musik geliebt. Den restlichen Freitag verbrachten wir zwischen Bett und Küche. Am Samstag zeigte ich ihr den Berliner Norden. Wir machten einen ausgiebigen Spaziergang am Tegeler See. Ein Schiff hatte eine Fahrrinne durch das Eis gebrochen. Wenn der Wind über die Schollen strich, klirrten sie wie splitterndes Glas. In der Abenddämmerung stapften wir im Tiefschnee auf die Heiligenseer Sanddünen. Wir erörterten die Frage, ob Eskimos es wohl winters im Freien treiben würden, nahmen aber Abstand von jedweden Eigenexperimenten und statteten noch dem Buddha-Tempel in Frohnau einen Besuch ab.

Ein ceylonesischer Mönch in safrangelber Kleidung führte uns durch den Andachtsraum und erläuterte uns den Hinayana-Buddhismus. »Falls Sie noch unsere Bibliothek sehen wollen, dort finden Sie auch Material über die anderen buddhistischen Schulen . . .«

Wir wollten. Der Mönch ließ uns alleine. Livia und ich wurden zur selben Zeit fündig.

»Jost, schau mal! Hat er *das* eben mit tiefster Versenkung gemeint?«

Ich hielt ein Buch über tantrischen Buddhismus in die

Höhe. »Bist du auch auf die Yabyum-Meditation gestoßen?« Ich setzte mich neben sie.

Livia begutachtete interessiert das Farbfoto einer tibetischen, weiblichen Gottheit, die im vollen Lotossitz in eindeutiger Stellung ein männliches Pendant umschlang. »Not satisfaction but eternal spiritual awareness is the aim«, lautete die Bildunterschrift.

Als wir wieder in meiner Wohnung waren, gab es die Jakobsmuscheln in Curryrahm und eine lang anhaltende, sehr europäisierte Form von Yabyum.

Sonntags schliefen wir, bis uns das Telefon weckte. Ich schaute auf die Uhr. Es war kurz vor zwölf. Ich ließ es klingeln, der Anrufbeantworter war eingeschaltet. Ali fragte, ob wir Lust hätten, abends zu ihm zu kommen, Britta – oder sagte er Gitta? – wäre auch da.

Livia räkelte sich unter der Bettdecke. »Schade, ich hätte ihn gerne getroffen, aber der Abend gehört Daddy.«

Nach unserem mittäglichen Frühstück und nach einem Blick auf die unwirtlichen Elemente vor den Fenstern bemühten wir uns in vertrauter Weise um *eternal spiritual awareness*, bis es Zeit war, ins *Adlon* zu fahren.

Livia betrachtete sich im Spiegel, als sie ihren Büstenhalter zuhakte und dann ihre Reisetasche öffnete.

»Was meinst du: grün oder rot?« Sie warf mir zwei Kleider zu. Das rote war hochgeschlossen, das grüne vorne tief ausgeschnitten.

»Das rote«, sagte ich ohne zu zögern.

»So?« Sie musterte mich amüsiert. »Wie der Herr befehlen!« Sie schlüpfte in das Kleid. Ich hatte etwas übersehen. Das Kleid hatte lange seitliche Schlitze wie das, das sie im *Sunrise* getragen hatte. Schlitze, die nicht enden wollten. »Oder doch lieber das grüne?«

Mein Gott, sie hatte meine Gedanken wie ein offenes Buch lesen können.

Livia verschwand im Badezimmer. Wieder klingelte das Telefon. Diesmal nahm ich ab. Tron war am Apparat.

»Jost?«

Livia hatte die Tür nicht geschlossen. Sie stellte sich unter die Dusche.

»Ja!«

»Ich habe ein Attentat auf dich vor.«

»Nur zu!«

Livia gab mir einen Luftkuß und seifte sich ein.

»Zwei Freunde von mir sind in Berlin. Sie werden sich morgen bei dir melden.«

»Nur zu.«

Livia beugte sich vor und spülte sich die Haare.

»Jost?«

»Ja?«

»Du bist so merkwürdig einsilbig.«

»Kann sein, mein Lieber, ich habe – äh – gerade Besuch. Was wollen deine Freunde von mir?«

»Ich denke, du bist derzeit so von deinem – Besuch – absorbiert, daß sie es dir besser morgen selber erzählen werden.«

Livia stieg aus der Duschtrasse und frottierte sich.

»Dunkel, o mein Freund, ist deiner Rede Sinn. Aber vermutlich hast du recht. Im Moment bin ich nur beschränkt aufnahmefähig. – Sie sollen mich ab zehn in der Friedrichstraße anrufen.« Ich legte auf.

Livia begann sich die Haare zu föhnen. Mir war plötzlich schmerzlich bewußt, daß es vorerst unsere letzte gemeinsame Stunde war, bevor ich sie ins *Adlon* fuhr. Sie wollte umgehend nach dem Bankett mit ihrem Vater nach Dänemark zurückfliegen.

10 Ein informativer Plausch in der *American Bar* des *Adlon*

»Kommendes Wochenende in Århus?«

»Versprochen!«

Wir gaben uns an der Rezeption einen flüchtigen Kuß, dann begleitete sie ein Page zum Lift. Die *Adlon*-Bediensteten waren gut geschult. Falls sie ihr nachschauten, taten sie es zumindest unauffällig. Die Blicke der männlichen Lobbybesucher hingegen waren weniger dezent, aber damit mußte man als Livias Begleiter leben.

Direktor Teasdale begegnete ich auf dem Weg zur *American Bar.* Er hielt einer alten Dame die Tür vom ersten Wintergarten auf und wechselte ein paar Worte mit ihr. Dann wurde sie von einer Serviererin zu einem Tisch geleitet, an dem bereits eine andere ältere Dame saß.

Hinter Teasdales Brillengläsern blitzte es belustigt auf, als wir uns die Hand gaben. »Nanu, Herr von Warberg! Sie an einem Sonntag in unseren Hallen! Ich dachte, bloß Hoteldirektoren arbeiten auch am Wochenende.«

»Ausnahmsweise bin ich einmal rein privat hier.«

Die alten Damen umarmten sich. Teasdale schmunzelte. »Wenn man Teilen der Presse Glauben schenken würde, dürften diese Ladies sich bei uns gar nicht wohl fühlen, denn sie kannten noch das alte *Adlon* – aber sie kommen täglich. Sie waren vor dem Krieg berühmte Akrobatinnen.«

Ich erinnerte mich schwach an einen flachen Artikel einer Berliner Tageszeitung über das jetzige *Adlon*-Ambiente und lachte. »Mein lieber Herr Teasdale, ILT wünscht sich auch, daß Ihr Haus etwas weniger frequentiert wird. Mit einer dritten Suite für uns hat es noch immer nicht geklappt. Wahrscheinlich stehen wir auf Platz 36 der Warteliste.«

Der Direktor war einen Kopf größer als ich. Ernst neigte er den Kopf. »Geduld, Herr von Warberg. ILT steht ganz oben auf der Liste.«

»Inşallah«, murmelte ich.

Eine Gruppe Teenies kam uns geräuschvoll entgegen. Der Direktor verzog keine Miene.

»Sie entschuldigen mich jetzt, bitte! Ich denke, ich besorge den jungen Leuten besser einen . . . Guide.« Teasdale hob sein Handy ans Ohr.

Die *American Bar* lag am Eingang Behrenstraße und hatte gerade aufgemacht. Außer mir saßen nur noch zwei andere Gäste am Bartresen. Die Männer, ich schätzte sie auf mein Alter, schauten kurz auf, als ich mich neben sie setzte, und vertieften sich wieder in einen Stapel Papiere. Gelegentlich schoben sie sich ein Blatt zu, sprachen aber kaum miteinander. Sie hatten beide offenbar eine Vorliebe für schwere, englische Tweedjacketts und Klubkrawatten. Journalisten? Geschäftsreisende bei ihren Hausarbeiten?

Ich bestellte einen Malzwhisky.

Livia – ich beschloß, gleich am Montag den Flug nach Århus zu buchen. Ich legte meinen schlanken ILT-Timer mit dem farbigen Firmenlogo auf den Tresen und machte einen entsprechenden Vermerk.

Als ich ihn zuklappte, fühlte ich mich beobachtet.

Der Mann zu meiner Linken räusperte sich. »Entschuldigen Sie bitte unser aufdringliches Benehmen . . . ich meine, daß wir so gebannt auf ihren Timer gestarrt haben . . . der ILT-Schriftzug sticht ja wirklich ins Auge . . . Das nenne ich eine Koinzidenz!«

»Ich verstehe ehrlich nicht, meine Herren . . .«

Sein Begleiter schüttelte den Kopf und sagte: »Zufälle gibt es!« Er stand auf und reichte mir zu meiner Verblüffung eine ILT-Hochglanzbroschüre auf chinesisch oder japanisch! »Wir sind Ihnen wirklich eine Erklärung für unser Betragen schuldig.« Damit griff er in seine Jackettinnentasche und legte eine Visitenkarte neben mein Whiskyglas: *Andreas Hofmann, Institut für internationale Marktentwicklung, Frankfurt, Amsterdam, Tokio.*

Ich war ein wenig sprachlos. Hatte ich zwei mir unbekannte ILT-Kollegen oder Mitarbeiter von Kokubo vor mir?

»Und das ist meine Karte«, sagte mein Sitznachbar. »Esbeck, Klaus Esback. Ich arbeite für dasselbe Institut wie Herr Hofmann.«

»Wie Sie richtig kombiniert haben, bin ich bei ILT beschäftigt. Sie etwa auch?«

»Nein, das nun nicht«, sagte Hofmann. »Aber zur Zeit sind wir ein wenig mit ILT beschäftigt, oder exakter formuliert: wir analysieren gewisse Auswirkungen, die asiatische Investoren auf europäische Marktstrukturen haben könnten. Im Moment finden ständig interessante Veränderungen statt.«

Ich musterte Esbeck und Hofmann. Wie ätherische Wissenschaftler sahen sie nicht gerade aus. Beide wirkten recht handfest. »Das kann ich bestätigen. Sie spielen sicherlich auf die überraschende Kokubo-Beteiligung an.«

Esbeck nickte. »Es gibt Kokubo-Investitionen von Oslo bis Madrid.«

»Ja«, sagte ich. »Ich weiß zum Beispiel von einer Reederei in Norwegen, bei der Kokubo sich eingekauft hat.«

Täuschte ich mich, oder schauten sich Hofmann und Esbeck plötzlich fragend an?

Der Barmann wurde herbeigewunken. »Wenn wir schon Ihre wertvolle Zeit in Anspruch nehmen, möchten wir Sie wenigstens auf einen Drink einladen. – Henry, der Herr ist unser Gast!«

Ich nahm an. Die beiden schienen sich in Sachen Kokubo gut auszukennen. Es konnte nichts schaden, Genaueres über den Konzern in Erfahrung zu bringen, der ILT die dicke Geldspritze verpaßt hatte. Außerdem waren die zwei mir sympatisch. Wir setzten uns an einen Tisch mit Blick auf die Behrenstraße. Ich gab ihnen meine Karte.

Beide lachten schallend los. »Das kann doch wohl nicht wahr sein! Ausgerechnet Jost von Warberg dockt zu dieser Stunde im *Adlon* an!«

Hatte ich es mit Irren zu tun? Die Angelegenheit lief mir aus dem Ruder. Die Brüder waren nicht ganz dicht. Ich erhob mich.

»Halt, nicht wegrennen, Jost!« sagte Esbeck.

»Wir sind Freunde von Tron«, sagte Hofmann.

Mein Saab blieb an diesem Abend wieder in der *Adlon*-Tiefgarage. Der Taxifahrer strahlte, als ich ihm das Fahrziel nannte. Bei der eisigen Kälte lief das Geschäft nicht berauschend. In Hermsdorf hörte ich den Anrufbeantworter ab. Livia hatte kurz auf Band gesprochen. Sie war schon in Århus. Dann wählte ich Alis Nummer. Der Musik nach zu urteilen, tobte eine Party. Ich konnte ihn überreden, mit dem Telefon in ein ruhiges Zimmer zu gehen. Als ich ihm in knappen Worten berichtete, was mir Esbeck und Hofmann über Kokubo erzählt hatten, wurde er still.

»Ali?«

»Ich überlege, Jost. Wenn die Großen aus der Versicherungsbranche extra ein *Institut für internationale Marktentwicklung* gründen, um ihren Recherchen ein Deckmäntelchen umzuhängen, dann ist das eine Menge Aufwand, der betrieben wird, und garantiert kein billiger.«

»Beweis mal einem Großkonzern, daß er eventuell nicht ganz koscher ist! Da muß man schon klotzen.«

»Und das sollen Trons Freunde erledigen?«

»In dem Institut arbeiten noch mehr Leute. Esbeck und Hofmann haben den Vorteil, daß sie in Japan gelebt haben und die Sprache perfekt beherrschen. Außerdem sind beide mit Kokubo schon einmal zusammengerasselt, Esbeck in Japan und Hofmann in Berlin.«

»Das bedeutet . . .«

»Das bedeutet schlicht und einfach, daß ILT eine von vielen honorigen Geldwaschanlagen in einem offenbar Yakuza-dominierten Imperium geworden ist.«

»Und das sollen Esbeck und Hofmann beweisen?«

»Sie geben dem auch keine große Chance, aber ein paar Versicherungsgesellschaften haben in Zusammenhang mit Kokubo-Aktivitäten gigantische Verluste eingefahren, die sie nicht mehr einfach wegzustecken gewillt sind.«

»Kein ungefährlicher Job, den die zwei sich da ausgesucht haben, schätze ich mal.«

»Das garantiert nicht. Aber bis dato haben sie ihre Abenteuer immerhin überlebt.«

»Kannten sie Fujita?«

»Ja. Genaueres haben sie zwar nicht gesagt, nur daß bislang alle Versuche gescheitert sind, ihm juristisch beizukommen. Fujita muß ein ganz gerissener Hund sein, mit Protektion bis hin in höchste japanische Regierungskreise.«

Ali seufzte. »Was lernen wir daraus, mein Lieber? – Daß die Menschheit überall korrupt wird, wenn es um Macht und Geld geht. Kann man übrigens auch schon bei den alten Chinesen nachlesen.«

»Komm mir jetzt bitte nicht mit Konfuzius, Ali, sondern halte die Ohren steif. Ich habe den beiden versprochen, sie über ILT auf dem laufenden zu halten, notfalls via Tron.«

»Schon o. k., Jost, bin bei Bedarf mit von der Partie. Aber falls du es gestattest, widme ich mich jetzt wieder meinen Gästen. Heute nacht werden wir den Lauf der Welt eh nicht ändern können. – Ach so, wie war es eigentlich mit frøken Magnussen?«

»Nächstes Wochenende fliege ich nach Århus.«

»Congratulations«, sagte Ali. »Ich melde mich schon mal vorsorglich als Trauzeuge.«

»Idiot!« sagte ich und legte auf.

Dabei hätte ich tatsächlich keinen Sekundenbruchteil gezögert, Livia von der Stelle weg zu heiraten, falls sie es von mir verlangt hätte.

11 Das Landhaus am Limfjord

Die Woche bis zu meinem Flug nach Dänemark verlief weitgehend ereignislos. Fujita, obgleich zu einer Konferenz in der Friedrichstraße angekündigt, verschob den Termin wegen eines wichtigen Termins in Madrid. An seiner Stelle erschien ein schüchterner Abteilungsleiter namens Suzuki aus der Tokioer Kokubo-Zentrale, der uns von acht Uhr in der Früh in unverständlichem Englisch weismachen wollte, wie schön es doch sei, daß die Nationen der Erde dank japanischer Weitsicht friedlich zusammenwachsen könnten. Ich dachte mir meinen Teil zu einer Weltverbrüderung à la Kokubo. Seinen dreistündigen Sermon trug er mit monotoner Stimme vor. Wir taten alle sehr, sehr interessiert, nickten hoffentlich an den richtigen Stellen und kämpften wacker gegen den Schlaf an.

Ein Kollege, der sich um die Nordafrika-Reisen kümmerte, sagte mir nach der Sitzung: »Ich hoffe bloß, daß solche Veranstaltungen nicht zur Regel werden. Man hört ja da Haarsträubendes aus Japan.«

Ich ließ uns von Frau Hellinger einen starken Kaffee brauen. Die Ärmste hatte das Vergnügen gehabt, bei der Konferenz Suzukis Geschwafel zu protokollieren.

»In den drei Stunden hätte ich locker den Aktenberg auf meinem Schreibtisch abgearbeitet«, knurrte ich.

Frau Hellinger bewahrte Contenance. »Die nächste ›Konferenz‹ ist erst wieder Mitte Juni anberaumt.«

Wir fanden das tröstlich, denn Arbeit gab es wie stets mehr als genug. Doktor Rönneburgs Skandinavien-Tour mußte durchgeplant werden, und zu allem Überfluß fiel Ali für ein paar Tage in Berlin als Mitarbeiter aus. Er wurde nach Kaş zurückgeschickt. Der Innenarchitekt hatte die Honorarrechnungen großzügig zu seinen Gunsten manipuliert, da gab es Handlungsbedarf. Zudem mußte ich dringend Ersatz für Professor Müller finden, sonst war das kommende Türkei-Programm gefährdet. Um mehr Zeit als ein Wochenende in Dänemark zu haben, schlug ich unserem Boß vor, Doktor Rönneburg am Limfjord zu treffen. Petra Rönneburg sah sich dort momentan nach angemessenen Unterkünften für ILT-Reisende um. Heribert Neumann-Lechner bewilligte mir zwei Tage – das bedeutete zwei Tage mehr mit Livia, und wenn auch nicht volle Tage, so doch mindestens zwei weitere Nächte mit meiner Geliebten.

Nach Feierabend suchte ich mehrere Tage nach einem passenden Geschenk für Livia. Was schenkt man einer reichen Frau? Ich tat mich schwer, bis ich endlich bei einem Antiquitätengeschäft in der Charlottenburger Schlüterstraße die winzige nepalesische Bronzeplastik entdeckte. Yabyum-Meditation sei nicht auf Tibet beschränkt, erklärte mir der Verkäufer. Dem konnte ich innerlich nur beipflichten.

Auf dem Rückweg zu meinem Saab am Savignyplatz – die S-Bahn gestattete sich mal wieder unberechenbaren Pendelverkehr – kam ich in der Bleibtreustraße an einem Kelim-Laden vorbei, der mir dort noch nie aufgefallen war. Ein breites sandfarbenes Zierband in Flachgewebetechnik, für das ich ebensoviel Geld auf den Tisch legen sollte wie für die Mini-Plastik, gefiel mir ausgesprochen gut. Daß es alt war, glaubte selbst ich beurteilen zu können. Ich äußerte die Befürchtung, ob mein Mitbringsel auch vor einem ausgemachten Kelim-Experten Gnade finden würde. »Bringen Sie es wieder zurück, wenn der Herr es nicht mag. Sie bekommen ihr Geld wieder. Ich gebe es Ihnen sogar schriftlich«, sagte der Verkäufer leicht gereizt. Irgendwie klang das vertrauenswürdig. Ich kaufte.

Am Abend vor meinem Flug telefonierte ich noch lange mit Livia. Magnussens Kommentar über das Zierband würde mir erspart bleiben.

»Daddy ist auf Geschäftsreise in Spanien.«

Wie nennt man das, wenn man auf die Vierzig zugeht? Irgendwie klingt der Begriff *sturmfreie Bude* in diesem Alter ein bißchen überholt. Dennoch war ich froh, daß Papa außer Landes weilte. Was mich daran erinnerte, daß Livia nie von ihrer Mutter gesprochen hatte.

»Meine Eltern haben sich scheiden lassen, als ich fünfzehn war.«

»Siehst du sie noch manchmal?«

»Sicher, regelmäßig. Sie lebt mit einem zwanzig Jahre jüngeren Lover in den Staaten. Dave heißt er, sieht blendend aus und dealt an der Börse. Im April besuche ich sie wieder.«

Die Magnussens verstanden es, das Leben zu genießen. Ich sollte mich darüber nicht beklagen, aber ein Anflug von Eifersucht überkam mich doch. Dieser Dave mußte etwa in meinem Alter sein.

»Livia?«

»Ja?«

»Nichts.«

»Wirklich?«

»Ich lieb dich.«

»Das, o mein Freiherr, wird mir den Schlaf versüßen.« Sie gähnte. »Bis morgen also.«

»Bis morgen, my love.«

Jost, dachte ich, keep cool! Die Frau ist in der Lage, dich um den Verstand zu bringen! – Na, wenn schon, sagte die andere Stimme in mir. Es wird in deinem Leben nur *eine* Livia geben.

Die andere Stimme gewann endgültig nach dem dritten *Marc de Bourgogne,* dann war die Flasche leer, und ich fiel ins Bett, nicht ohne vorher noch einen zweiten Wecker gestellt zu haben. Ein verpaßtes Flugzeug wäre gleichbedeutend mit *Paradise lost* gewesen.

Traumlos schlief ich nicht. Suzuki war in einer Karaoke-Bar und schmetterte schmalzig Livanelis *Ada*. Tron zerhackte meine Langlaufskier und bewarf einen Kelim mit Sojabohnen.

şu ada senin, bu ada benim, sang Suzuki. *Dort ist deine Insel, hier ist meine,* summte auch Ali mit der Stoppuhr in der Hand, während ich versuchte, im Wintermantel nach Kastellorizon zu schwimmen, wo Livia gerade in Daves Arme sank.

Die beiden digitalen Marterinstrumente erlösten mich piepsend von meiner Qual.

Marc de Bourgogne war wohl doch nicht das ideale Schlummermittel, konstatierte ich beim Rasieren.

Träume sind gottlob meistens Schäume. Livia chauffierte mich dänisch gesittet vom Flugplatz Tirstrup zielstrebig zu ihrem Penthouse in der Århuser Altstadt. Dann ging es weniger züchtig zu. Mein Geschenk mußte warten, dafür gab es Yabyum live.

»Und jetzt hab ich Hunger.« Livia biß mir in den Oberschenkel.

»Sachte, ohne eine Messerspitze Kräutersenf bin ich ungenießbar.«

»Kräutersenf steht in der Küche.« Sie begann an meiner Schulter zu nagen. »Ich hole ihn sofort.«

Ich hielt sie fest. »Ach, bitte, bemüh dich nicht! Ich wäre mehr dafür, daß wir schleunigst ein Restaurant aufsuchen.«

»Ausnahmsweise«, sagte sie. »Hast du einen Anzug dabei?«

»Sicher. Ich bin schließlich nicht das erste Mal in Skandinavien essen.« So locker sich die Wikinger auch in ihrer Freizeit geben mögen, ohne Krawatte kommt man an keinem Türsteher eines guten Restaurants vorbei.

Wir gingen zu Fuß. In Århus war es milder als in Berlin. In der Fußgängerzone herrschte Feierabendstimmung. Die Cafés waren voll von Leuten, die sich von ihrem Arbeitstag entspannten, Familien machten ihre Wochenendeinkäufe, eine

Touristengruppe folgte einer Fahnenträgerin in ein Kaufhaus: japanische Hausfrauen auf Schnäppchenjagd.

Vor dem Dom war ein Menschenauflauf. Wir bekamen Flugblätter in die Hand gedrückt. Ein Prominentenanwalt hatte einen angesehenen Århuser Literaturverlag wegen der Biographie einer Filmgröße verklagt, die während der deutschen Besatzungszeit mit der Wehrmacht kollaboriert hatte. Der dänische Schriftstellerverband protestierte energisch und lautstark. Wir bogen in eine Seitenstraße ab. Hier begann ein gemütliches Kneipenviertel.

»Da drüben an der Ecke ist euer ILT-Office.«

»Gut zu wissen.« Ich sagte ihr, daß ich meinen Aufenthalt um zwei Tage verlängern würde, um eine Mitarbeiterin zu treffen.

»Du willst zum Limfjord?« Sie lachte. »Na, so ein Zufall! Dahin wollte ich dich entführen. Wir haben in der Nähe von Skive ein Landhaus direkt am Wasser. Wenn du möchtest, nehme ich mir Montag und Dienstag frei.«

Ich gab ihr einen Kuß. »Bitte!«

Wir schlenderten weiter. Vor einem aufwendig gestylten indischen Restaurant blieb ich stehen. Der beturbante Türsteher verbeugte sich einladend. Livia rümpfte die Nase. »Ein Talmi-Laden. Mikrowelle und Tiefkühl-Fertiggerichte.« Damit war die Sache abgetan. »Magst du japanische Küche?«

»Ja.«

»Es gibt eine Sushi-Bar gleich um die Ecke.«

»Sehr gut. Rohe Fischhäppchen sind mir deutlich lieber als meine ungekochte Schulter in Kräutersenf.«

Livia zwackte in meinen Mantel. »Die Schulter und den Rest genehmige ich mir später zum Dessert.«

Noch von der Sushi-Bar aus rief ich den ILT-Manager der Århuser Filiale an.

Er gab mir die Telefonnummer von Doktor Rönneburg.

»Wenn Sie einen Wagen brauchen, Herr von Warberg, können Sie natürlich jederzeit einen Firmenwagen haben.«

Ich brauchte kein Auto. Wir würden mit Livias Landrover zum Limfjord fahren.

Wir brachen am nächsten Morgen zeitig auf und fuhren stundenlang durch eine Wattelandschaft. Die Landstraßen waren gut geräumt. Es herrschte mäßiger Verkehr, und wir kamen gut voran.

In Viborg mußten wir tanken. In der Raststätte tranken wir einen Espresso. »Ich hab mir die Straßenverhältnisse schlimmer vorgestellt«, sagte ich.

»Warte, bis wir am Limfjord sind. Letzten Winter hat man die Markierungsstangen am Straßenrand nicht mehr sehen können, so hoch lag der Schnee. Mit einem normalen Pkw würden wir nie zum Landhaus kommen«, sagte Livia.

Der Zigarettenkiosk an der Tankstelle verkaufte auch Schnittblumen. Ich verehrte Livia – na was? – eine rote Rose.

»Und für wen ist der Nelkenstrauß?«

»Für Frau Doktor Rönneburg, meine Verehrteste. Nelken sind ihre Lieblingsblumen.«

»Sieh an!« sagte Livia. »Hochwohlgeboren beschenkt andere Damen mit Bouquets!«

»Petra Rönneburg wird im Sommer sechzig, meine Liebe. Unsere Beziehung ist rein platonisch.«

»Das sagen die Männer immer! Gesteh!«

»Wenn du magst, komm mit, wenn ich sie treffe.«

»Ich bitte drum! Was glaubst du wohl, wie ich mit sechzig erst aufdrehe! Unter einem Vierzigjährigen mache ich es dann nicht! Da bin ich doch meiner Mutter Tochter.«

Ich küßte sie. »Mir schwant Schreckliches für die Zukunft!«

Und plötzlich mußte ich wieder an meinen Traum denken. Aber ich verscheuchte erfolgreich die düsteren Gedanken, als ich ihre warmen Lippen auf meinen spürte.

›Carpe diem, Jost!‹ sagte die Stimme.

Das Haus war ein langgezogener Flachbau auf einer Anhöhe. Ein dichtes Tannenwäldchen reichte bis an die Ostseite des Bungalows. Der Landrover schaffte die Strecke nur, weil ein hilfsbereiter Nachbar der Magnussens mit einem Traktor voranfuhr und die Zufahrtsstraße markierte. Livia drückte mir einen Klappspaten in die Hand. Ich schaufelte die Eingangstür frei, während der Traktor eine Parkfläche planierte.

Sie entlud unser Gepäck. »Vorsicht, Jost, stoß mit dem Spatenstiel nicht gegen die Scheibe!«

»Alarmanlage?« Livia nickte, entschärfte die Alarmanlage mit einer Fernbedienung und schloß die Haustür auf.

Bauer Mølgaard stieg vom Traktor. »Die Sirene können Sie bis Skive hören.«

Er half ihr, unsere Taschen in die Diele zu tragen. »Rufen Sie einfach an, wenn Sie festsitzen, Fräulein Magnussen.«

»Moment, Herr Nachbar!«

Er bekam eine Linie Aquavit, trank auf ihr Wohl, tippte an seine Pelzmütze und tuckerte davon.

Wir umarmten uns.

»Gemach, Hochwohlgeboren! Klamme Betten mögen in Kaş ja ganz romantisch gewesen sein, aber hier gibt es eine gut funktionierende Zentralheizung.« Sie entwand sich und drehte an einem Thermostatregler neben der Haustür. »Dauert höchstens zehn Minuten, dann ist es gemütlich warm. – Bis dahin: vielleicht einen Tee?«

»Ja, bitte!«

Die Küche war in hellen Farben gehalten, geräumig und sehr sachlich ausgestattet. Über dem Induktionsherd entdeckte ich das Logo einer führenden Mailänder Designerfirma.

»Schau dich nur um!«

Während Livia sich also um den Tee kümmerte, besah ich mir das Landhaus. Die Objekte der Magnussenschen Sammelleidenschaft waren allgegenwärtig. Kelims lagen sogar in den zwei Badezimmern.

Der Salon hinter der Küche hatte große, rahmenlose Fenster, die bis auf den Boden reichten. Zwischen dem Haus und dem bleigrauen Spiegel des Fjords in der Ferne erstreckte sich eine makellos weiße Fläche. Es war die Stunde vor Sonnenuntergang, die Stunde vor Saganacht.

Der Teekessel pfiff. Ich riß mich von dem grandiosen Panorama los und ging zu Livia in die Küche.

»Hat dein Vater keine Angst, daß man hier einmal einbrechen könnte? – Trotz Alarmanlage – solche Dinger sind doch für Spezialisten kaum ein Problem.«

»In dieser Gegend passiert nicht viel, und der Nachbar schaut öfter nach dem rechten. Außerdem ist Daddy gut versichert. Die wirklich wertvollen Stücke läßt er natürlich in Århus.«

Wir gingen in den Salon. Eine halbrunde Nische war mehrlagig mit Kelims ausgelegt. Livia setzte das Teetablett auf einem niedrigen Lacktisch ab. Wir machten es uns à la turque bequem. Ich bewunderte einen prächtigen sandfarbenen Wandbehang, der nicht aussah, als hätte man ihn in einer Kaufhausteppichabteilung erworben; aber was wertvoll und was billig war, hatte für die Magnussens wohl eine andere Bedeutung als für den Normalbürger. Und natürlich bewunderte ich Livia, die sich umgezogen hatte, während ich durch das Haus gewandert war. Sie trug ein reich besticktes Kimonokleid – schnäbelnde Phönixentenpärchen – und servierte den Tee im Fersensitz wie eine Geisha. Das Magnussensche Anwesen, so unauffällig es von außen erscheinen mochte, war innen ein Palast, und Livia meine exotische Prinzessin. Als Katze hätte ich vor Wohligkeit geschnurrt.

»Zucker, mein Gebieter?«

Es gab Zucker, eine entblößte Schulter und eine mildere

Variante von »Im Reich der Sinne«, denn als wir uns in der Nische geliebt hatten, war ich unversehrt.

Livia zündete eine Kerze an und ging in die Küche. Ich hörte sie hantieren. Sie kam mit zwei Flaschen altem Bordeaux und einigen Imbißhappen zurück: Oliven, norwegischem Bergkäse und frischen Paprikastreifen. Ich stand vor der Fensterfront und schaute nach draußen.

»Wir können auch hier unten schlafen«, sagte sie.

»Gerne.«

Wir holten uns Decken und Kissen.

Es war Vollmond. Die Wolken zogen rasch, und der Wind rauschte in den Bäumen. Der Limfjord glänzte silbern im Mondlicht. Saganacht.

Wir hatten uns viel zu erzählen. Unsere Lebensgeschichten, unsere Träume. Wir hätten endlos weitergeredet, wäre der Rotwein nicht gewesen, der irgendwann seine wohltuende Wirkung entfaltete.

»Livia?«

»Hmm?« kam es fast unhörbar zurück.

»Livia«, flüsterte ich zärtlich, aber sie war bereits fest eingeschlafen. Ich deckte sie zu und legte mich vorsichtig neben sie.

Nach dem Frühstück rief ich Doktor Rönneburg an, die Nummer hatte ich von ILT Århus bekommen. Petra Rönneburg wohnte in der Nähe in einer Ferienhaussiedlung zwischen Skive und dem Landhaus.

»Magst du mitkommen? Sie ist eine interessante Person, hat die ganze Welt bereist.«

Livia war nicht zu begeistern. »Ich muß hier mal gründlich aufräumen.« Sie strich mit der Zeigefingerkuppe über den Kaminsims. »Und putzen. Es war wochenlang niemand im Haus.«

»Es wird nicht lange dauern.«

»Nimm dir nur Zeit. Kochen wollte ich auch noch für uns heute abend.«

»Du versäumst etwas, Livia. Willst du sie wirklich nicht kennenlernen? Doktor Rönneburg ist ein wandelndes Lexikon, was die Türkei betrifft, und von Kelims versteht sie auch eine Menge.«

Livia hob den Zeigefinger und drohte scherzend. »Vermutlich flunkerst du, und es ist eine von deinen Verflossenen, die mich begutachten soll.«

»Quatsch! Komm mit, und urteile selbst!«

Aber Livia blieb bei ihrer Weigerung. »Nein, mein Schatz. Ein anderes Mal vielleicht. Ich muß mich wirklich um das Haus kümmern. – Die Wagenschlüssel hängen an der Flurgarderobe.«

Ich nahm meinen Mantel vom Haken.

»Jost?«

»Die Nelken!«

12 Doktor Rönneburgs Obsession

Es war wärmer geworden. Die Eiszapfen an der Dachrinne schmolzen in der Sonne, und der Wind war milder als am Vortag. Ich fuhr in den Traktorloipen zur Landstraße. Gleich hinter dem Tannenwäldchen begann das Gelände von Magnussens Fischfarm. Bei der Anreise waren wir aus der anderen Richtung gekommen, und ich hatte die riesigen Zuchtbecken nicht sehen können. Die kleinen, flachen Gebäude am Fjordufer schienen die Wohnhäuser der Arbeiter zu sein. Mehrere der mit dicken Betonmauern eingefaßten Becken hatten eine Verbindung zum Fjord. Livia hatte mir erzählt, daß die Fischzuchtanlage nur ein relativ unwichtiges Unternehmen ihres Vaters war. O. M. besaß große Konservenfabriken in Århus und Ålborg. Er verdiente sein Geld durch Ex- und Import von Fischereiprodukten.

»Die Farm ist mehr sein Hobby, Jost. Daddy experimentiert gerne. Seit zwei Jahren versucht er, Seewölfe zu züchten. Verrückt, nicht wahr?«

Ich war keineswegs überrascht. Reiche Leute leisten sich eben ihre Schrullen. Unter den ILT-Kunden hatte ich viele Exzentriker kennengelernt. Lords mit Löwenrudel im Park und amerikanische Millionäre, die sich Krokodile und Kaimane anstelle von Wachhunden hielten.

Loups de mer zu züchten war dagegen relativ vernünftig. Die Biester sahen mit ihren Hackzähnen zwar furchterregend aus, schmeckten aber immerhin vorzüglich – was ich von Krokodilschwänzen und Löwensteaks nicht glaube.

Ein dunkelgrüner VW-Lieferwagen kam mir entgegen. Im Rückspiegel sah ich, daß er zum Landhaus abbog. Ich fuhr noch zwei Kilometer auf der Straße weiter, dann erreichte ich eine Kreuzung mit Hinweisschildern.

Die Feriensiedlung lag auf einer Landzunge. Das Areal war zur Hauptstraße hin in weitem Halbkreis mit einem schulterhohen Wildzaun abgegrenzt. Am Eingang der Anlage gab es ein Pförtnerhäuschen neben einer Schranke, die den Zufahrtsweg zur Siedlung versperrte. Ein alter Mann trat aus der Tür, ein Dackel folgte bellend. Ich betätigte den Fensterheber.

»Guten Tag! Ich möchte Frau Doktor Rönneburg besuchen. Sie hat das Haus Nummer elf gemietet.«

»Dann müssen Sie Herr von Warberg sein«, sagte der Alte. »Petra hat mir Bescheid gesagt, daß sie Sie erwartet. Moment, bitte!« Er ging ins Häuschen zurück. Der Dackel machte Platz und ließ mich nicht aus den Augen. Der Schrankenbaum hob sich. Der Alte nahm den Dackel auf den Arm und trat an den Wagen. »Haus elf ist das letzte links in der Reihe am Wasser«, sagte er. »Das mit der himmelblauen Tür.«

Der Dackel schnupperte an meinem Mantelärmel.

»Sie können sie anfassen, Trinchen mag das.«

Ich streichelte den Hund. Trinchen schnaubte wohlig.

»Müssen Sie jedesmal die Schranke betätigen, wenn jemand rein- oder rauswill?«

Der Alte nickte. »Mir ist lieber, ich weiß, wer sich in der Siedlung aufhält. Außer Petras Haus ist nur noch ein anderer Bungalow belegt, ein Ehepaar aus Hamburg, Stammgäste im Winter. – Nicht, daß hier viel passiert, aber seit wieder ein Schwung neuer Ausländer auf der Fischfarm arbeitet, bin ich erst einmal vorsichtig. Die alten kenne ich alle, die sind o. k.«

»Gab es denn schon einmal Ärger?«

Der Alte machte eine verschwörerische Miene, selbst Trinchen schaute konspirativ. »Kemal – das ist einer der türkischen Vorarbeiter – hat mich eindringlich gewarnt. Die neuen Hilfskräfte sind Pakistani. Die sollen klauen wie die Raben.«

Ich seufzte. »Und? Gab es schon Beschwerden in der Gegend?«

»Die Frau im Supermarkt hat gehört, daß im Tabakladen immer wieder mal Zeitungen fehlen sollen.«

»Und die haben die Pakistani mitgehen lassen? Können die denn überhaupt richtig Dänisch?«

Der Alte überlegte. »Hmm, wo Sie das sagen ... Aber egal! Der Kemal hat mich gewarnt, und der wird das ja nicht einfach so dahergeredet haben.«

Ich kommentierte die dänisch-türkische Allianz nicht weiter, kraulte Trinchen noch einmal, wünschte einen guten Tag und fuhr los.

Doktor Rönneburgs Bungalow strahlte nordische Behaglichkeit aus. Im Kamin brannte ein Feuer, und der Tee war auch schon fertig, als ich an die Haustür klopfte.

»Nein, wie aufmerksam!« Während ich meinen Mantel auszog, hatte sie die Blumen bereits in einer Vase arrangiert.

Petra Rönneburg war eine nicht unattraktive Endfünfzigerin, aber nun wirklich keine ernsthafte Konkurrenz für Livia. Die Art, wie sie sich kleidete, erinnerte mich immer an meine Geschichtslehrerin im Gymnasium: Lodenkostüm, praktische, feste, absatzlose Halbschuhe einer durchaus renommierten Marke – und eine weiße Bluse, die am obersten Knopf zusätzlich mit einer Silberbrosche geschlossen war. Doktor Rönneburg hätte optisch gut in die dreißiger Jahre gepaßt oder von mir aus auch in die Gründerjahre. Aber der Schein trügt ja bekanntlich bisweilen. Ali war sich sicher, daß sie ein Verhältnis mit Professor Müller gehabt hatte. Mich interessierte der Firmenklatsch nicht. Ich fand sie sympathisch. Vielleicht, gerade weil sie mich an meine Lieblingslehrerin erinnerte. Und: Doktor Rönneburg war unbestreitbar blitzgescheit, nicht bloß, was ihr Fachgebiet betraf. Überall im Wohnzimmer lagen aufgeschlagene Bücher.

»So läßt es sich gut Ferien machen.«

»Nennen wir es Arbeitsurlaub, Herr von Warberg.« Sie schaffte auf dem Schreibtisch Platz für unsere Teetassen. Ein leinengebundenes Buch mit handschriftlichen Eintragungen lag auf dem Tisch. Sie schloß es, als wir uns setzten, und legte es in eine Schublade. Ein Tagebuch?

»Oh, ich vergaß! Nehmen Sie mit Zucker?«

»Nein, danke. Das ist doch Yasmintee. Den trinke ich immer ohne.«

»Grüner Tee mit Zucker ist auch . . . brrr!« Sie schüttelte sich.

»Ist das eine Karte von hier?« Ich griff nach einem Meßtischblatt. Mehrere Ortsnamen waren mit Filzstift unterstrichen. Eine Höhenlinie war rot umkringelt.

»Ja, eine aktualisierte Auflage vom südlichen Limfjord, sogar die neuesten Fundstätten sind darauf verzeichnet.«

Ich betrachtete die Karte genauer. Falls man über das Gelände der Fischfarm gehen konnte, würde man in knapp zwanzig Minuten an Magnussens Landhaus sein, natürlich nicht bei diesen Schneeverhältnissen.

»Sie erwähnten in Ihrem letzten Brief, daß Sie mit den Tourteilnehmern möglicherweise im Sommer hier an Ausgrabungen teilnehmen könnten?«

»So ist es geplant.« Sie deutete auf den roten Kringel zwischen Fischfarm und Feriensiedlung. »Ich warte täglich auf die Zusage des Archäologischen Instituts in Kopenhagen.«

»Falls es Sie interessieren sollte . . .« Sie zog einen Packen Farbfotos unter einer abgegriffenen Nikon-Kamera hervor. »Ich besitze leider kein gutes Weitwinkelobjektiv, aber die Bilder geben schon ein wenig die Monumentalität der Anlage wieder, denke ich. Es handelt sich um eine ganze Kette von bronzezeitlichen Begräbnisstätten. Ein Teil liegt auf dem Areal der Fischfarm.«

»Interessant!« Ich durchblätterte den Fotostapel.

»Dort wird allerdings nicht gegraben, obgleich das sicherlich lohnend wäre. Das Bild, das Sie gerade in der Hand haben, ja, das! – Unter der Erhebung neben dem Fischbecken befindet sich meiner Meinung nach ein Doppelkammergrab.« Ich schaute genauer hin. Auf einem Hügel stand ein kahler Baum. Zwei Beschäftigte der Fischfarm in orangefarbenen Gummischürzen lehnten sich neugierig und lässig auf Spatenstiele.

»Für mich ist das ein Hügel, sonst nichts«, gestand ich ihr. »Gibt es nicht Hunderte in dieser Gegend?« Damit lieferte ich das Stichwort.

Es folgte ein Stegreifvortrag über die Bronzezeit und Begräbnissitten in Skandinavien. Je mehr Petra Rönneburg über das Thema sprach, desto enthusiastischer wurde sie. Eins mußte ich ihr lassen, sie konnte mitreißend erzählen. Mir wurde klar, weshalb es ILT-Kunden gab, die keine Reise mit Doktor Rönneburg ausließen.

»Ihre Tour ist voll ausgebucht, wußten Sie das?«

»Herr Neumann-Lechner rief vor einiger Zeit an und teilte es mir mit. Wundert mich nicht. Dieses Grabfeld ist eine wissenschaftliche Sensation ersten Ranges.«

»Kann man schon ein geöffnetes Grab besichtigen?«

»Bis vor zwei Wochen wäre das möglich gewesen, aber jetzt finden Sie natürlich nur eine tiefe, verschneite Bodensenke vor.«

Wir besprachen dann Details der Tourorganisation.

Plötzlich verstummte Doktor Rönneburg.

»Ist was?« Ich folgte irritiert ihrem Blick. Jemand ging am Fenster vorbei, der Statur nach ein Mann. Er trug einen blauen Marine-Parka und hatte die Kapuze tief in die Stirn gezogen.

»Ach, nichts. Der alte Olaf, der Ihnen die Schranke geöffnet hat, läßt eigentlich niemanden in die Siedlung, der sich nicht angemeldet hat.«

»Er sagte mir, daß noch ein anderer Bungalow vermietet wäre.«

»Schon, aber der besagte Bungalow ist gleich hinter dem

Pförtnerhäuschen. Und die Hamburger, die dort wohnen, kenne ich.«

»Dann ist es vielleicht einer von den Arbeitern nebenan.«

Wir sahen dem Mann nach. Er ging Richtung Fischfarm.

Doktor Rönneburg nickte. »Denkbar. – Aber das wird Olaf überhaupt nicht gefallen, daß es jemand geschafft hat, sich an ihm vorbeizuschleichen.«

»Womöglich auch noch einer von den Pakistani, die da jetzt arbeiten sollen.«

»So? Hat er Ihnen auch von denen erzählt? Es ist sein Lieblingsthema.«

Ich lachte. »Ja, ich bin voll im Bilde. Auf die Türken läßt er nichts kommen, aber die Pakistani sind ihm suspekt.«

»Vor Jahren soll einmal ein Gast der Ferienanlage nachts am Fjord überfallen und ausgeraubt worden sein. Die Einheimischen reden immer noch so, als wäre das gestern geschehen.«

Wir machten noch ein wenig Small talk, dann verabschiedete ich mich.

»Ach, so! Eh ich es vergesse . . . wegen der Grabungsgenehmigung für Ihre Gruppe! Wir würden allen Teilnehmern natürlich gerne mehr Details zukommen lassen.«

»Ich melde mich sofort bei Ihnen in Berlin, wenn das Archäologische Institut geschrieben hat. Spätestens diesen Donnerstag werde ich die mündliche Zusage, von Kopenhagen bestätigt, im Postkasten haben«, versprach sie.

Petra Rönneburg brachte mich zum Wagen. Als ich einstieg, fragte sie noch, ob man unterdessen den Fahrer gefaßt hätte, der Professor Müller getötet hatte, aber ich wußte ihr nichts Neues zu berichten. Wie hieß es so schön? *Die Polizei ermittelt weiter gegen Unbekannt.*

Damit war mein – zugegebenerweise sehr angenehmer – Alibibesuch bei Doktor Rönneburg beendet. Vor mir lagen zweieinhalb Tage mit Livia, sechzig Stunden Paradies, und alles, was mit ILT zu tun hatte, wurde radikal aus meinem Kopf verbannt, als das Magnussensche Landhaus hinter den Tannen auftauchte.

13 Eine köstliche Scheibe Kalbsleber wird – erkaltet! – wieder abgetragen

Livia stand im Mantel in der Küche und deckte den Tisch. »Pech für uns, mein Lieber. Die Heizung ist völlig ausgefallen. Defekter Brenner. Der Nachbar hat noch versucht, ihn zu reparieren, hat es aber nicht hingekriegt. Überall müssen die Heizungen spinnen. Der Notdienst wird frühestens am Montag hier rauskommen.« Sie stellte einen gußeisernen Topf auf einen Rechaud. »Zum Glück kochen wir hier elektrisch, also verhungern müssen wir wenigstens nicht.«

Sie hatte eine klare Fischsuppe zubereitet, die mich an die von Yussuf in Kaş erinnerte: Muscheln, Krabben, frisches Gemüse, viel Safran. All die Köstlichkeiten waren wahrscheinlich von dem dunkelgrünen Lieferwagen gebracht worden, den ich gesehen hatte.

Livia steckte Brot in den Toaster. »Was sollen wir tun, Jost? Holz genug wäre da, aber der Kamin heizt nur den Salon.«

Wir kehrten gleich nach dem Essen nach Århus zurück. Lhasa, Limfjord, Timbuktu – mir war es egal, wohin wir fuhren, Hauptsache ich konnte bei meiner Geliebten sein.

Gegen Mitternacht gingen wir noch auf eine Fete. Der Modtryk-Verlag feierte irgendein Jubiläum. Livia stellte mich allen möglichen Leuten vor. Ich weiß noch, daß ich mich mit einem von den Senior Editors (er hieß Mølgaard wie Magnussens Nachbar am Limfjord) stundenlang über Lawrence Durrell unterhalten und mit ihm pausenlos Whisky getrunken hatte. Livia war auch alles andere als nüchtern, als wir ins Taxi stiegen. Im Bett umarmten wir uns, aber no sex that night, wir waren beide einfach zu groggy.

Am nächsten Morgen betrachtete ich mich im Spiegel. Ich fand mich reichlich gezeichnet. Auch Livia murmelte etwas von *nie wieder Alkohol.* Aber nach einem kräftigen Frühstück sah die Welt bereits wieder anders aus.

Livia rief im Büro an. Nein, es gab keine besonderen Vorkommnisse, lediglich die üblichen Montagskatastrophen wie Krankmeldungen und ausgefallene Computer. Wir blieben den Vormittag über im Penthouse. Der gesamte Häuserblock gehörte übrigens Magnussen.

»Wohnt dein Vater auch hier?«

O. M. residierte in einer Villa im Süden der Stadt. Außer Kelims sammelte er Immobilien.

Irgendwie kam Livia auf ILT zu sprechen. Sie fragte viel, und ich begriff an der Art der Fragen, weshalb Magnussen ihr die Verwaltung seiner diversen Unternehmen überlassen hatte. Es machte nicht bloß Spaß mit Livia zu schlafen, es war auch anregend, sich mit ihr über betriebswirtschaftliche Probleme zu unterhalten.

Hatten meine früheren Frauen dann zu gähnen gepflegt: Livia wurde munter.

Ich erzählte ihr von der Kokubo-Beteiligung und den Yakuza-Gerüchten.

Sie zuckte mit den Achseln. »Das Kapital auf dem internationalen Markt geht viele verschlungene Wege. Japan-Mafia investiert in Europa? Möglich ist alles. Wir haben auch asiatische Handelspartner, auch einen japanischen.« Sie nannte den Namen: Hokkei.

»Und dann, mein Freiherr, existiert ja auch noch ein Sport in der Geschäftswelt, den man getrost *gezielte Desinformation* nennen darf. – Du sagtest, die Leute, die dir von der Kokubo-Yakuza-Connection berichtet haben, sind von einer Versicherungsgruppe angeheuert worden?«

»Nicht direkt, aber immerhin wird ihr Institut von denen finanziert. – Wieso?«

Livia schnippte einen Krümel von der Tischdecke. »Die meisten großen Versicherungskonzerne haben eigentlich überall ihre Finger drin. Könnte ja sein, daß sie an einem Konkurrenzunternehmen von Kokubo beteiligt sind und daß sie die Firma diskreditieren wollen. Hat es alles schon gegeben, selbst in unserem kleinen, verschlafenen Dänemark.«

»Das kann ich mir nicht vorstellen. Dieser Hofmann und dieser Esbeck haben einen soliden Eindruck auf mich gemacht. Das waren keine Schwätzer.«

»Ist ja auch egal«, sagte Livia und räkelte sich.

Wir hielten ein turbulentes Mittagsschläfchen.

»Wann habe ich wieder die Ehre?«

»Spätestens in zwei Wochen.« Ich flog in bester Stimmung nach Berlin zurück. Ein atlantisches Tief hatte den Kälteeinbruch mit viel Regen beendet. Trotz Matsch und Pfützen fand ich Berlin plötzlich herrlich.

Im Büro lag bereits ein Brief von Petra Rönneburg in meiner Postmappe. Das Archäologische Institut Kopenhagen würde uns in Kürze die Bewilligung direkt zufaxen.

Doktor Rönneburg hatte ihrem Schreiben mehrere Fotos des bereits geöffneten Fürstengrabes beigelegt. Ob wir die zur Information der Tourteilnehmer gebrauchen könnten? Falls gewünscht, würde sie selbstverständlich noch einen Bericht über den aktuellen Ausgrabungsstand verfassen. Ich sollte ihr dann bitte bloß kurz telefonisch Bescheid geben. Nach Einbruch der Dunkelheit wäre sie meistens im Bungalow erreichbar. Falls das wider Erwarten nicht der Fall sein sollte, könnte ich auch eine Nachricht beim Pförtner Røddinge hinterlassen. Strich-null-null anstelle von Strich-eins-acht war seine Rufnummer.

Ich besprach Doktor Rönneburgs Vorschlag mit Frau Helllinger.

»Wenn sie den Aufsatz in der kommenden Woche fertig hätte, wäre das sehr hilfreich. So wie ihr Beitrag und das Fax aus Kopenhagen da sind, geht der Rundbrief raus. Die Fotos scannen wir ein.« Sie trank eine heiße Zitrone und bot mir einen Hustenbonbon an.

»Grippe?«

»Ein Anflug. Alles schnieft seit gestern im Haus, aber mich kriegen die Bazillen nicht klein!«

Ali kam mit Neuigkeiten aus der Türkei. Ünal hatte ihn mit dem Polizeichef bekannt gemacht. Bei einem fröhlichen Tavlaspielchen und dem nötigen Quantum an Raki löst sich so manche Zunge. Hauptmann Ökan erwartete in Kürze seine Beförderung zum Major.

»Stell dir vor, die Japsen haben vermutlich nicht nur Antiquitäten nach Yunanistan geschafft, sondern auch harte Drogen. – Was man ihnen aber leider nicht schlüssig beweisen kann.

Also: Das Gepäck der Meis-Passagiere wurde seit dem Vorfall mit den Japanern natürlich besonders streng kontrolliert. Jedenfalls war wieder eine asiatische Reisegruppe in Kaş eingefallen, die auch häufig nach drüben fuhr. Es waren keine Japaner, wie sich herausstellte, sondern Studenten aus Hongkong. Man hat sie jedesmal sorgfältig gefilzt, wenn sie nach Meis rüber sind, stets ohne Resultat. Aber der gute Haptmann Ökan verdankt den kommenden Karrieresprung weniger seiner Kompetenz in Sachen Schmuggler-Aufspüren als dem berühmten Kommissar Zufall. Und das kam so: Ahmet gab eines Abends auf der Suleyman eine Bordparty mit Live-Musik und Bauchtanz, um sein Geschäft schon in der Vorsaison ein bißchen anzukurbeln. Es ging offenbar hoch her. Ein Jandarma-Leutnant in Zivil, ein Schwager von Ahmet, war zufällig auch da. Und dem fiel auf, daß einer der Hongkong-Studenten keinen einzigen Tropfen Alkohol trank, sondern häufig mit seiner Cola-Dose nach draußen aufs Vordeck ging, obwohl es an dem Abend saukalt gewesen war. Das hat der Leutnant am nächsten Morgen seinem Chef erzählt, der bekam einen seiner raren Geistesblitze und ließ das Schiff durchsuchen.«

»Und?«

»Der Schlitzbürger hatte auf dem Vordeck drei Kilogramm Heroin, in Cola-Büchsen verschweißt, unter einer Sitzbank versteckt. Im Hotel der Chinesen fand die Polizei dann noch mehr von dem Zeug.«

»Wieso glaubt man, daß die japanischen Studenten in dem gleichen Verein sein könnten?«

»Studenten?« Ali lachte trocken. »Die haben nie eine Uni von innen gesehen. Sowohl die japanischen als auch die chinesischen Studentenausweise waren gefälscht. Das waren Profi-Dorgenkuriere, mein lieber Jost.«

»Böse Welt«, murmelte ich.

»Böse Welt«, sagte auch Livia, als ich sie anrief. Sie klang gestreßt.

»Ist was, Schatz?«

»Ach, Ärger mit dem Laden. Ich sollte am besten gleich in der Firma übernachten. Die Computer spinnen noch immer.«

Sie blieb kurz angebunden. Ich kannte das. Wenn die Luft brennt, ist schlecht Zeit zum Turteln. Ich hauchte einen digitalen Kuß in den Hörer und legte auf.

Petra Rönneburg erreichte ich nicht. Ich wählte die Nummer vom Pförtnerhäuschen.

»Sie wollte das Fürstengrab noch einmal fotografieren. Hier taut es mächtig, und die Fundstelle ist wohl wieder begehbar«, sagte Rødding. »Vielleicht hat sie noch die Filme zum Entwickeln nach Skive gebracht und kommt erst mit dem späten Bus zurück.«

Ich bat den Pförtner, ihr auszurichten, daß ich sie im Laufe des nächsten Vormittags anrufen würde.

In Berlin taute es nicht nur, es regnete seit Stunden in Strömen. Ich nahm für die kurze Strecke von mir bis zum GALLO D'ORO den Saab.

Zur Vorspeise – Honigmelone und Coppa – blätterte ich im *Zeit*-Magazin und las nur Siebecks Seite sorgfältig. Ich teilte seine Meinung über genmanipulierte Pfirsiche, die nach Weintrauben oder Erdbeeren schmeckten.

Während des Pasta-Ganges überflog ich eine Buchbesprechung, die mich überforderte, so hoch-literarisch war sie verfaßt. – Dabei ging es bloß um eine unlesbare Liebesschnulze von Jutta Marion Humm. Na, ja.

Das Portrait von Hemingway auf Kuba harmonierte indes gut mit den Taschenkrebsen in Kräutersud.

Als ich die gegrillte Kalbsleber in Angriff nahm (dünne Scheiben und hauchzart, wie ich es liebe), war ich beim Wirtschaftsteil angelangt – und mir fiel das Messer aus der Hand.

Ein Kellner stürzte augenblicklich herbei. »Ich hoffe, alles ist in Ordnung mit der Speise, mein Herr?«

Ich beruhigte ihn. Nicht die Kalbsleber hatte mir einen Schock versetzt!

Auf einer ganzseitigen, stilisierten Europakarte waren die Besitzanteile führender japanischer Unternehmen an europäischen Firmen grafisch dargestellt. Ich hatte den Namen Kokubo in einem Kästchen neben Mitsubishi, Mitsukoshi und Rinshintoh gefunden und war dem dicken roten Pfeil gefolgt, der nach Deutschland führte: »ILT 60 %«.

Dann hatte ich eine schwarze Linie entdeckt, die von Kokubo nach Norden führte und sich in Kopenhagen hinter einem weiteren Kästchen mit der Bezeichnung *Hokkei* in mehrere farbige Linien aufspaltete.

›*Hokkei? . . . Hokkei?*‹

Eine gelbe Linie endete in Århus: »O. M. Im- und Export 20 %«.

Dann hatte ich den Kellner erschreckt.

Hokkei war der Name von Magnussens japanischem Handelspartner, den Livia erwähnt hatte, und an Hokkei hielt Kokubo 90 Prozent der Anteile!

Ich tat etwas, was meine Großmuter immer zu Recht als Sünde bezeichnet hatte: Ich ließ mein Essen kalt werden. Anstelle von Kalbsleber verschlang ich drei Seiten *Zeit*. Indem ich Ali sofort nach der aufschlußreichen Lektüre über Handy anrief, beging ich gleich Frevel Nummer zwei, aber im *GALLO D'ORO* sah man mir das nach. Ich war zu später Stunde der einzige Gast.

»Hat sich auch bestätigt, was Tron von seiner ehemaligen Reederei erzählt hat?«

»Ja, Kokubo hat Tochtergesellschaften in fast ganz Europa. Sie heißen alle ähnlich. Bokkei in Frankreich, Zenkei in Holland, Yokkei in Norwegen.«

»Von wem stammt der Bericht?«

»Rate mal!«

»Entweder von Esbeck oder von diesem Hofmann. Oder von beiden?«

»Weder noch. Die halten sich bedeckt. Ein Professor Dr. Dr. aus ihrem Institut – der Name sagt mir nichts – hat die Analyse verfaßt.«

»Makaber, Jost. Das hieße ja im Klartext, daß in Magnussens Laden *und* bei ILT dieselben Leute mitmischen. Weiß Livia das?«

»Ich fürchte, nein.«

Noch vom Auto aus versuchte ich, Århus zu erreichen. Aber im Penthouse meldete sich bloß der Anrufbeantworter.

Mitten in der Nacht wachte ich mit Kopf- und Gliederschmerzen auf. Die Grippe hatte auch mich ereilt. Ich schluckte drei Aspirin und döste bis zum Sonnenaufgang. Ich frühstückte lustlos. Ich überlegte kurz, dann rief ich im Büro an, und meldete mich krank. Frau Hellinger empfahl mir Ruhe, Holundersaft und ein heißes Bad. Ich beließ es bei Ruhe und Bad. Ich besaß meine eigenen Hausmittel: einen ungelesenen Krimi von Ingrid Noll, einen von Gisbert Haefs und eine Flasche roten Frankenwein.

Livia hatte eine Nachricht für mich auf ihren privaten Anrufbeantworter gesprochen. Sie würde leider wegen einer Tagung in Norwegen mehrere Tage nur schwer erreichbar sein, sich aber sofort bei der Rückkehr bei mir melden.

Mochte der Abendhauch kalt sein und Matzbach kein Bier bekommen, ich jedenfalls zelebrierte meine Erkältung in einem warmen Bett mit einem 89'er Bocksbeutel vom Würzburger Juliusspital in Reichweite.

14 Ein Fürstengrab gerät in die Schlagzeilen

Meine Krimi-Rotwein-Therapie wirkte. Ich hatte eine ruhige Nacht, wachte morgens sogar früher auf als gewöhnlich und war einer der ersten in der Friedrichstraße. Frau Hellinger schlief anscheinend nie. Sie füllte schon die Kaffeemaschine. Ich unterhielt mich gerade mit ihr über die segensreiche Wirkung von Frankenwein (*Frankenwein ist Krankenwein* – Goethe?), als das Faxgerät ansprang. Wir ignorierten die immer länger werdende Papierschlange und tranken unseren Kaffee in Ruhe aus.

Im Flur traf ich Ali. Wir teilten uns einen Raum neben Frau Hellingers Büro.

»Na, was sagt Livia zu der Nippon-Connection?«

»Ich habe noch nicht mit ihr gesprochen. Sie ist zur Zeit irgendwo in Norwegen.«

Ali begutachtete mißbilligend die Aktenberge auf seinem Schreibtisch. »Seit die Japaner hier mitmischen, nimmt der Papierkram kein Ende. – Hast du das gesehen?« Er zerrte eine dicke Broschüre aus einem Stapel Unterschriftsmappen: *Japan und die Welt*. Ein Aufkleber, mit Fujitas Unterschrift versehen, erheiterte auch mich nicht: *Bitte lesen und kommentiert zurück an die Geschäftsleitung*!

»Ja, haben die denn nicht mehr alle Tassen im Schrank?« wetterte Ali.

»Reisweinschälchen«, verbesserte ich und schaute in meinen Timer. Acht Uhr dreißig. Doktor Rönneburg war bestimmt schon wach. Ich nahm den Hörer ab und drückte Null-null-vier-fünf für Dänemark. Weiter kam ich nicht. Die Tür wurde aufgestoßen. Eine schreckensbleiche Frau Hellinger stand in der Öffnung. In der Hand hielt sie die Faxschlange.

»Doktor Rönneburg ist ermordet worden.«

Ein Telefax war von der Århuser Polizei, die anderen waren Zeitungsartikel, die uns das ILT-Büro über den Fall Rönneburg geschickt hatte.

Ali und ich hatten eine Fünf-Minuten-Krisensitzung mit Neumann-Lechner, nahmen jeder ein Taxi, packten zu Hause in Windeseile die allernotwendigsten Sachen, trafen beide etwa zeitgleich am Flughafen Tegel ein, holten unsere von Frau Hellinger reservierten Tickets ab und saßen zwei Stunden nach Erhalt der Schreckensbotschaft in der Linienmaschine nach Kopenhagen. Der Anschluß nach Århus war nahtlos.

Ein uniformierter Fahrer wartete an der Gangway. Er fuhr uns direkt ins Polizeipräsidium. Wir wanderten lange, helle Gänge entlang, wechselten zweimal den Fahrstuhl, dann klopfte der Beamte an eine Tür und trat ohne zu warten ein. »Wo ist der Chef, Tove?«

»In seinem Zimmer. Ich sage Bescheid.« Sie griff zum Telefon.

Wieder Fahrstühle und lange Flure, dann eine Glastür: *Sigmund Bach, Leiter der Mordkommission.*

Hände wurden geschüttelt und Namen gemurmelt.

»Herr Ökan ist ein Kollege von mir. Er kannte Doktor Rönneburg eigentlich besser als ich.«

»Ich habe mehrere Jahre mit ihr zusammengearbeitet, meistens in der Türkei«, sagte Ali.

»Jede Hilfe ist uns willkommen, Herr Ökan. Bitte nehmen Sie doch Platz! – Schön, daß Sie beide umgehend nach Århus gekommen sind. – Kaffee?« Bach schwenkte eine Thermoskanne.

Ali sagte ja. Ich lehnte dankend ab. »Das wäre heute die zehnte Tasse.«

»Du, Sven?«

»Ich hab noch.« Sven Horne – Bach hatte ihn als *mein Kollege aus Skive* vorgestellt – bedeckte seine Tasse mit der Handfläche.

»Vielleicht möchten Sie ein Wasser, Herr von Warberg?«

»Gerne.«

»Paul?«

»Für mich bitte auch ein Wasser«, sagte unser Fahrer.

Bach brachte Mineralwasser und setzte sich zu uns an den runden Tisch neben seinem Schreibtisch. Er zündete sich eine Pfeife an, Horne ließ ein Zigarettenpäckchen herumgehen.

Sigmund Bach sah nicht unbedingt wie ein Polizeioffizier aus, aber das galt auch für Sven Horne. Wäre der Fahrer nicht gewesen, hätte man unsere Runde ohne weiteres für einen literarischen Debattierclub halten können. Aus Hornes Jacketttasche ragte eine dänische Übersetzung von *The Magus,* und Bach mit den halblangen ergrauten Haaren und seiner an den Ellenbogen lederverstärkten Cordjacke, auf der Nase eine John-Denver-Nickelbrille war fast schon die Karikatur eines Professors für Lyrik der *Beat generation.*

Aber Bach rezitierte nicht Kerouac oder Ginsberg. Bach erläuterte in knappen, prosaischen Sätzen, warum er mich nach Dänemark gebeten hatte. »Wir haben erst geglaubt, es sei ein Unfall. Die Grabkammer ist im Herbst durch eine Balkenkonstruktion abgesichert und mit massiven Holzbohlen überdacht worden. Durch das plötzliche Tauwetter und den Dauerregen ist jetzt auf dem gesamten Grabungsgelände das Erdreich völlig aufgeweicht. Pförtner Røddinge war zufällig mit seinem Hund in der Nähe spazieren – an der Grabmulde führt ein gut befestigter Kiesweg in zwanzig Meter Abstand vorbei – und hat das eingestürzte Dach entdeckt. Der Hund ist zwischen den Balken verschwunden. Er hat sich wie verrückt gebärdet. Die Feuerwehrleute, die Røddinge daraufhin alarmierte, sind bis zu den Knien im Schlamm versackt. Sie bargen Frau Rönneburg unter dem eingestürzten Dach. Ein

Balken hatte ihr den Hinterkopf zerquetscht. Als man sie am frühen Nachmittag fand, war sie genau vierundzwanzig Stunden tot.«

Ali sagte langsam. »Und weshalb war es Mord?«

Horne räusperte sich. »Nach Aussage des Pförtners wollte Frau Rönneburg das Grab fotografieren. – Wir fanden die Kamera nicht, und die Obduktion ergab, daß ihr die tödliche Verletzung aller Wahrscheinlichkeit nach mit einem schwerren, stumpfen Gegenstand am Fjordufer zugefügt worden war. Der Gerichtsmedizinier wies Algenspuren in der Wunde und auf der Kleidung nach. Es handelt sich um eine Algenart, die für den Limfjord typisch ist.«

Ich nickte. »Daß sie fotografieren wollte, hatte mir auch Røddinge gesagt. Ich hatte ihn vorgestern abend angerufen, weil bei Frau Rönneburg niemand ans Telefon ging. – Ist er nicht stutzig geworden, als sie nicht mit dem letzten Bus kam?«

»Nein«, sagte Horne. »Sie blieb gelegentlich über Nacht bei einer Bekannten in Skive.«

»Dann war es ... Raubmord wegen eines Fotoapparats?« Ali blickte skeptisch in die Runde.

Bach schüttelte den Kopf. »Nein, Herr Ökan. Das Portemonnaie steckte unangetastet in ihrer Manteltasche. Außerdem trug sie eine wertvolle Armbanduhr.«

Ich wurde leicht ungeduldig. »Die Nikon war ziemlich alt.«

»Eben«, sagte Bach, »das bestätigte auch Røddinge. Und deswegen haben wir Sie auch sprechen wollen, Herr von Warberg.« Er sog an seiner Pfeife.

Horne drückte die Zigarette aus und musterte Ali und mich.

»Meine Herren! Hatte Doktor Rönneburg Feinde oder, anders gesagt, Neider?«

Die Frage überraschte mich. »Wie meinen Sie das? Denken Sie an ILT?«

»Auch, aber mehr an gewisse archäologische Kreise. Kollege Bach hat sich an der Universität kundig gemacht. Das Grabfeld am Limfjord birgt Zündstoff in Hülle und Fülle. So manche Geschichte der Bronzezeit muß vermutlich umgeschrieben werden. – Frau Doktor Rönneburg arbeitete an einer entsprechenden Publikation.«

»Mord wegen einer neuen wissenschaftlichen These?« sagte Ali ungläubig.

Bach stocherte mit einem Streichholz im Pfeifenkopf. »Es ist nur so eine Idee von mir. – Auf Bornholm hat neulich eine Hausfrau ihre Nachbarin mit einem Küchenmesser zerstükkelt. Wissen Sie, weshalb? Die Nachbarin hatte ihr den Parkplatz weggenommen! – Aber zurück zu der Frage: Hatte Doktor Rönneburg Feinde?«

Ich schaute Ali an.

»Meines Wissens nicht. Oder, Jost?«

Ich schüttelte den Kopf.

Horne reichte mir ein Schriftstück. Es war die Erlaubnis, daß die ILT-Gruppe an den Ausgrabungen teilnehmen durfte. »Wir fanden diesen Brief unter Frau Rönneburgs Papieren im Ferienhaus, Herr von Warberg.«

Ali warf einen Blick auf den Brief und sagte: »Die Konkurrenz ist nicht zimperlich, wenn es darum geht, uns Marktanteile abzujagen. In der Tourismus-Branche wird natürlich auch mit harten Bandagen gekämpft, aber deswegen gleich Mord? – Höchst unwahrscheinlich.

Bach füllte Tabak nach und stopfte ihn mit der Daumenkuppe fest. »Bislang sind das alles reine Spekulationen unsererseits, kann ich Ihnen versichern. Aber der Fall ist schon eigenartig, das müssen Sie doch zugeben. Eine relativ wertlose Kamera ist nicht auffindbar, Wertgegenstände und reichlich Bargeld wurden nicht angetastet, und ein Sexualdelikt kann nach der Obduktion ausgeschlossen werden.«

Ich nippte am Mineralwasser und sagte schließlich: »Herr

Bach! Ich kann mir nicht vorstellen, daß Sie mich ausschließlich zum Beantworten von ein paar Fragen nach Århus gebeten haben.«

»Das hätten Sie auch telefonisch erledigen können«, sagte Ali. »Richtig?«

Bach und Hornes Blicke begegneten sich lächelnd.

»Sie verstehen mitzudenken, meine Herren«, sagte Horne. »Das geschieht nicht häufig in diesen Räumen.«

Bach legte die Pfeife in den Aschenbecher und beugte sich zu mir vor. »Herr von Warberg! Sie waren vermutlich der letzte Besucher bei Doktor Rönneburg. Ich möchte Sie bitten, mit meinem Kollegen Horne in das Ferienhaus zu gehen, und nachzusehen, ob sich dort irgend etwas seit Ihrem Besuch verändert hat.«

»Glauben Sie eigentlich, daß ich ...?«

»Nicht nach unserem bisherigen Ermittlungsstand, Herr von Warberg.«

Ich schaute durch die Brillengläser in zwei listige Augen.

Bach wich meinem Blick nicht aus, sondern sagte mit sanfter Stimme: »Als Sie am Dienstag in der Maschine nach Kopenhagen saßen, lebte Doktor Rönneburg noch. Darin decken sich die Aussagen des Pförtners und die des Gerichtsmedizinischen Instituts.«

Ich nickte anerkennend. »Wer immer ihr Dienstherr sein mag, er wird Ihnen kaum vorwerfen können, daß Sie nicht systematisch zu arbeiten verstünden. – Vermuten Sie, daß jemand nach mir in dem Haus war? Vielleicht der ... Mörder?«

»Wo ist die Mappe vom Dezernat III? fragte Horne.

»Neben dem Faxgerät«, sagte Bach.

Horne holte die Mappe, blätterte und legte ein Foto auf den Tisch. »Das ist eine Makroaufnahme vom Tüschloß, kein sehr kompliziertes übrigens. Sehen Sie die Kratzspuren?«

Ich bejahte.

»Nun«, sagte Horne, »war das Haustürschloß verhältnismäßig neu, genauer gesagt: es wurde eingebaut, bevor Doktor Rönneburg ihren Urlaub antrat. Beide Schlüssel, der von Frau Rönneburg und der des Pförtners, sind leichtgängig und schließen, ohne irgendwie zu haken oder zu klemmen. – Wir haben uns davon mehrmals überzeugt.«

»Fingerabdrücke?« fragte ich.

»Am Schloß und auf der Türklinke keine. Im Haus nur die von Frau Rönneburg und von Olaf Røddinge, und auf einer Teetasse ein eventuell verwertbarer Daumenabdruck, vermutlich von Ihnen.«

»Sie hatte mir Aufnahmen vom Fürstengrab gezeigt. Fast jedes Bild habe ich in der Hand gehabt. Dort müßten eigentlich eine Menge Abdrücke von mir sein.«

Bach und Horne schauten sich an. Dann sagte Bach: »Was für Fotos, bitte, Herr von Warberg?«

Ali blieb in Århus. Bach ließ ihm ein Taxi kommen. Ich gab ihm meine Reisetasche. Die örtliche ILT-Niederlassung besaß in der Nähe des Doms zwei Apartments, in denen wir wohnen konnten. Neumann-Lechner hatte schon angedeutet, daß wir vermutlich länger in Dänemark bleiben müßten, um die Archäologie-Tour zu retten. Dann bat ich, telefonieren zu dürfen, aber Livia war noch immer in Norwegen. Ich hinterließ ihr eine Nachricht auf Band und die Rufnummer von meinem ILT-Apartment. Mein Handy hatte ich in der Eile in der Friedrichstraße vergessen.

Bevor Horne und ich nach Skive aufbrachen, nahmen wir einen Imbiß in der Polizeikantine. Paul, der Fahrer, hatte sich umgezogen. Er trug jetzt Zivil. Er würde mich später auch wieder nach Århus zurückbringen.

Die Fahrt war kein Vergnügen für unseren Chauffeur. Die Scheibenwischer arbeiteten im Schnellgang, trotzdem war die Sicht miserabel. Man hatte das Gefühl, unter Wasser zu fahren. Ein Verkehrsunfall am Ortseingang von Skive hielt uns noch eine Stunde mehr auf.

Paul rieb sich die Augen vor Überanstrengung. »Erbarmen, Chef!«

Wir legten in Skive an einer überdachten Tankstelle eine Kaffee- und Zigarettenpause ein. Horne schaute auf die Uhr und sagte: »Zehn Minuten müssen reichen.« Wir hatten für die Strecke Århus–Limfjord fast doppelt so lange gebraucht wie Livia und ich bei Tiefschnee. Einen Espresso, eine Camel, ein Sandwich, dann tauchten wir wieder in die Wasserwand ein.

Magnussens Bungalow, das Tannenwäldchen und die Fischfarm waren allenfalls zu erahnen. Paul verfehlte zweimal den Abzweig zur Ferienhaussiedlung. Der dritte Versuch – im Schleichgang – führte uns zum Pförtnerhaus. Olaf Røddinge öffnete die Schranke, blieb aber mit Trinchen im Trokkenen und kam nicht an den Wagen. Der Dackel wäre vermutlich auf der Fahrbahn ertrunken.

Als Horne das Siegel an der himmelblauen Haustür von Doktor Rönneburgs Bungalow abkratzte, war es bereits dunkel. Die Leute von der Spurensicherung waren behutsam gewesen. Das Zimmer, in dem ich noch vor ein paar Tagen mit Petra Rönneburg Tee getrunken und geplaudert hatte, erschien mir auf den ersten Blick unverändert. Das teilte ich Horne mit.

»Wo hat sie Ihnen denn die Fotos gezeigt?« Er hatte die Deckenlampe angeschaltet und drehte am Dimmer. Es wurde taghell im Zimmer.

»Wir saßen am Schreibtisch. Die Kamera lag auf dem Fotostapel, etwas links von dem Brieföffner.« Ich legte meine Hand auf die Stelle.

»Wissen Sie, wer ihre Filme entwickelt hat?«

»Der Pförtner vermutete, als ich ihn anrief, daß Doktor Rönneburg wahrscheinlich in Skive wäre, um sie dort abzugeben. Vielleicht kennt er das Geschäft.«

Horne machte sich eine Notiz. »Das werden wir herausbekommen.«

»Könnten Sie mir noch einmal beschreiben, was auf den Fotos zu sehen war?«

Ich schilderte ihm also, so gut es ging, die verschiedenen Ansichten der Grabungsstätte, die Innenaufnahmen der Totenkammern, die Grabhügel in der Umgebung.

»Also strikt professionelle Fotos. Keine Aufnahme von Røddinges Dackel oder dem Abendhimmel über dem Fjord?«

»Nein. Kein einziges Foto hätte man als ›privat‹ bezeichnen können – da fällt mir ein: sie hat uns ein paar Bilder von der Kammer für eine Werbebroschüre nach Berlin geschickt. Falls die Ihnen . . .«

»Hmm, schaden kann es nichts, sie einmal anzuschaun.«

»Wir haben uns natürlich schon mit ihrer Bekannten in Skive unterhalten. Ist Ihnen etwas von dem Tagebuch bekannt, das Petra Rönneburg geführt haben soll?«

»Jetzt, wo sie das erwähnen . . . Sie hat ein gebundenes Buch mit handschriftlichen Eintragungen, eine Art Kladde, in die Schreibtischschublade gelegt, als wir uns an den Tisch setzten. Ob es ein Tagebuch war, kann ich natürlich nicht mit Bestimmtheit sagen.«

»War das Buch in Leinen gebunden?«

»Ich meine, ja.«

»Dann haben Sie das Tagebuch gesehen.«

»Ja, und wo ist es jetzt?«

»Weg«, sagte Horne und zog die Schreibtischschublade auf. »Verschwunden wie die Fotos und die Negative.«

Als die Schranke sich hinter uns senkte, schüttete es nicht mehr aus Tonnen, sondern nur noch aus Eimern. Verschwommen waren die Häuser der Fischfarm zu erkennen.

»Was ist mit den Arbeitern?«

Horne grinste. »Sie haben sich bestimmt einmal mit Røddinge unterhalten. Alles Böse ist nicht-dänisch.«

»Bis auf ein paar Türken.«

»Stimmt. Røddinge war fast enttäuscht, daß die Pakistani ein Super-Alibi hatten.«

»Und das wäre?«

»Sie wurden alle eingelocht. Es gab Samstag nacht eine tolle Massenschlägerei in einer Dorfdisko. Fünf Verletzte durch Messerstiche. Raten Sie mal, wer die Gegner der Pakistani waren!«

»Unsere Freunde aus Anatolien lieben die meisten ihrer moslemischen Brüder nicht gerade inbrünstig, das ist bekannt.«

»So scheint es mir auch. Das war die dritte Schlägerei in vier Wochen.«

Die Rückfahrt nach Århus ging zügiger. Gegen zweiundzwanzig Uhr setzte mich Paul vor dem Apartmenthaus ab. Wir gähnten beide.

Ali hatte mir auf dem Fußboden der Diele eine Nachricht hinterlassen, der Zettel wurde flankiert von einem Schirm, meiner Reisetasche und der OVERSIGTSKORT OVER ÅRHUS.

»21:30. Bin im *Café Jorden*. Ali.«

Ich zog meine durchweichten Schuhe aus und legte die nassen Socken auf die Heizung.

Bei Livia war besetzt. Ich schöpfte Hoffnung.

Zum Glück hatte ich ein Paar Ersatzschuhe mitgenommen, leider keine Gummistiefel. Ich hängte meine Oberhemden auf Kleiderbügel und deponierte meine Toilettentasche im Bad.

Noch ein Anruf.

Immer noch tutete es besetzt. Ich suchte im Index des Stadtplans nach dem *Café Jorden*. Es befand sich mehr oder weniger um die Ecke. Mit dem Schirm hatte ich eine kleine Chance, den Weg dorthin zu überleben. Der Regen klatschte wie aus Wasserwerfern geschossen gegen die Fenster.

Ich kramte Socken aus der Tasche, zog die Schuhe an und versuchte es erneut.

Wieder das Tuten.

Resigniert kritzelte ich ihre Nummer auf den Århus-Stadtplan und machte mich auf ins *Jorden.* Auf dem Domplatz stand ein *Pølsevogn.* Mein Magen meldete sich energisch. Seit dem Sandwich in Skive hatte er nichts mehr bekommen. Unter der Plastikplane drängten sich nasse Würstchenliebhaber. Zwei *knallroteristed pølser* mit viel Remoulade, Gurkenscheiben und Röstzwiebeln – schon ging es mir besser. Das flaue Gefühl in der Leibesmitte wurde schwächer, dafür meldete sich meine Erkältung zurück. Mir lief die Nase. Ich bediente mich großzügig am Papierserviettenspender und bunkerte einen Vorrat in der Manteltasche.

Ali hatte instinktiv den Treffpunkt der Stadt gefunden, zumindest, was eine bestimmte Szene betraf. Als ich ihn am Messingtresen mit einer hübschen, jungen Dame plaudernd antraf, wußte ich, daß er wieder in seinem Element war. So war es mir mit ihm in Athen, Brüssel und London ergangen. Ali stolperte zielsicher aus der Tür und landete stets in einer Bar, einem Café oder in einem Restaurant, wo er wildern konnte. Er hatte selbstverständlich einen viel harmloseren Ausdruck dafür: »Kontakte mit den Hiesigen anzuknüpfen, ist das A und O unseres Jobs, lieber Jost! Und das schließt natürlich die weibliche Bevölkerung mit ein.«

»Please, meet Anne!«

Anne war gerade dabei, ihm eine Telefonnummer auf den Rechnungsbon zu schreiben. »Hey!«

Sie rutschte vom Barhocker, drückte Ali den Zettel in die Hand und sagte: »Tommorow at eight would be fine. Cheerio, boys!«

Er sah ihr wohlwollend hinterher. »Nett, die Landestöchter, so . . . unverklemmt – sie studiert Kunst.«

»Ich konstatiere, du hast dich schon prächtig eingelebt.«

»Ein wenig Entspannung nach der Arbeit wirst du mir doch noch gönnen, alter Freund. – Berichte!«

Viel gab es nicht zu berichten.

»So wie du es mir vermittelst, glauben sie also weiterhin, daß ein durchgeknallter Archäologie-Fanatiker ihr den Schädel eingeschlagen hat. Absurd, wenn du mich fragst! – Sie haben sich doch hoffentlich auch die Pakistani genau vorgeknöpft. Daß einer von denen durchgedreht ist, halte ich für viel wahrscheinlicher.«

»Nix da!« Ich verdrehte die Augen. »Ali, Ali! – Ich gebe sofort eine Flasche Champagner aus, wenn ich jemals einen Türken treffe, der Pakistani *mag*.«

Grummelnd nahm er das wasserdichte Alibi zur Kenntnis.

»Jetzt erzähl' du. Was war bei ILT los?«

Ali stöhnte auf. »Während du im warmen Auto durch die Gegend kutschiert wurdest, habe ich versucht, jemand zu finden, der die Tour von Doktor Rönneburg kurzfristig übernehmen kann.

»Doch wohl nicht zu Fuß!«

»Das nicht gerade. Aber ich habe bestimmt vier Stunden dauertelefoniert.«

»Und, was ist dabei herausgekommen?«

»Bislang nichts. Kannst dir ja vorstellen, wie das ist, wenn man Professor X anruft und sagt: ›Wertester, hätten Sie Anfang Juli für drei Wochen zufällig Zeit für eine illustre Reisegruppe?‹

Immerhin habe ich einige gute Kontaktadressen gesammelt.«

»Wie sind unsere Kollegen hier?«

»Gute Leute, mit denen läßt es sich auskommen. Morgen kriegen wir auch jeder einen Wagen. Wieder 95er wie in Berlin.«

Ich blätterte in der Speisekarte. »Hast du schon gegessen?«

»Nein.«

»Ich kenne eine klasse Sushi-Bar gleich in der Nähe.«

Ali steckte den Zettel mit der Telefonnummer seiner neuen Bekanntschaft in die Reverstasche. »Nichts gegen einen Tapetenwechsel.« Er grinste. »Meine heutige Mission im *Café Jorden* habe ich erfüllt. Morgen geht's weiter.«

»Hast du gesehen, wo das Telefon ist?«

»Ja, vor den Klos.«

Bei Livia war wieder besetzt. Das ließ mich wirklich hoffen.

Beim Japaner fanden wir nur mit Mühe und Not zwei Plätze am Sushi-Tresen. Eine Reisegruppe aus Osaka (Osaka-Adventuretrip-Society) sang schwermütige Lieder zum Reiswein.

»Wenn es nach Fujita geht, sind das die ILT-Kunden der Zukunft.«

Unsere Kunden in spe stiegen gerade auf Aquavit um und kippten die Schnäpse wie Sake. Die Wirkung ließ nicht lange auf sich warten. Die Gesänge wurden reichlich unmelodiös und wohl auch schlüpfriger, denn die Frauen hörten gar nicht auf, verschämt in ihre Taschentücher zu kichern.

»Nun renn doch nicht alle fünf Minuten zum Telefon«, maßregelte mich Ali und ließ diverse Ratschläge folgen, wie man Frauen behandeln sollte. Ich rief dennoch an. Es war kurz vor Mitternacht.

»Magnussen.«

»Livia!« stotterte ich vor Überraschung.

»Jost?«

»Ja. Ich bin in Århus. – Hast du den Anrufbeantworter nicht abgehört?«

»Nein. Ich bin soeben zur Tür rein. In Århus, sagst du? Wo?«

»Im Moment in der Suhsi-Bar hinter dem *Café Jorden*. – Mit Ali.«

»Ali ist auch da?«

»Ja.« Ich erzählte ihr mit knappen Worten den Grund unserer Anwesenheit.

»Ein Mord in der Ferienhaussiedlung?« fragte sie ungläubig.

»Ja«, sagte ich. »Und wie es ausschaut, werden wir für einige Zeit in Århus bleiben, damit die Tour nicht platzt. – Magst du noch herkommen, oder soll ich . . .?«

»Gnade, mein Geliebter. Ich kann mich kaum noch auf den Beinen halten. Ich bin total k. o. von der Fahrt – wir waren mit dem Auto in Norwegen. In diesem Zustand mag ich dir wirklich nicht gegenübertreten. Ich sehe aus wie meine eigene Großmutter.«

Irgendwie konnte ich mitfühlen. Ich schneuzte mir die Nase an einer Pølserserviette. Mir war ebenfalls nicht zumute nach einem Mittagsschläfchen an Strand unter Palmen. »Genehmigt, mein Schatz. Laß uns morgen abend in aller Frische begegnen. Vielleicht hat sich dann meine Erkältung auch ganz verabschiedet.«

»Danke«, sagte Livia. »Außerdem muß ich ganz früh raus. Tausend Küsse.«

»Dir auch. Bis morgen!«

»Bis morgen. Wo?«

»Bei dir? Ich werde bis spät bei ILT zu tun haben.«

»Klingele durch, wenn du fertig bist. Ich bin zu Hause.«

»Na?« Ali dippte eine gekochte Hummerkrabbe in Sojasoße und schielte zu den Japanern hinüber. Sie waren bereits im Endstadium und fielen ständig von den Stühlen, was sie nicht daran hinderte, Aquavit auf ex zu trinken.

»Sie ist eben aus Norwegen zurück und todmüde. Wir treffen uns morgen nach der Arbeit.«

»Also bleibt weiterhin Herrenabend ansgesagt! – Herr Ober, noch zwei Sake!«

Mit Blick auf die sich ins Koma trinkende Reisegruppe zischte er mir zu: »Bah! Von Japan lernen! Wüßte ehrlich nicht, *was*!«

Es endete mit uns wie schon so oft. – Wir hatten wenig Berechtigung, uns über die Osaka-Adventuretrip-Society zu amüsieren, als wir die Rechnung beglichen. Ali schwankte bedrohlich, und auch ich bekam Probleme mit dem aufrechten Gang. Immerhin fanden wir das ILT-Apartmenthaus noch, wenn auch die Suche nach den richtigen Schlüsseln etwas länger dauerte.

Ein Gutes hatte unser Gelage. Was immer an Viren oder Bakterien in mir herumgespukt haben mochte, hatte die Flagge gestrichen. Allerdings bedurfte es zum Frühstück mehr als der üblichen zwei Aspirin-Brausetabletten, um die grauen Zellen wieder in Schwung zu bringen. Gegen Mittag waren auch die Kopfschmerzen weg.

Die Århauser Kollegen hatten uns Arbeitsplätze zur Verfügung gestellt. Wir telefonierten pausenlos. Endlich hatte ich einen Archäologen aus Stockholm am Apparat, der sich die Tour-Leitung zutraute. Leider sprach er ein schauderhaftes Englisch und überhaupt kein Wort Französisch. Das gab den Ausschlag. Wir erwarteten mehrere Teilnehmer aus Frankreich und der französischsprachigen Schweiz.

»Also den nächsten auf der Liste!« knurrte Ali. Der nächste war eine *Sie,* und Ali knurrte nicht mehr, sondern gurrte reflexmäßig. Er sprach fast eine halbe Stunde mit ihr.

»Fündig?« brummelte ich.

»Vielversprechend würde ich es eher nennen. Eine Doktorandin aus Kopenhagen. Studiert Alte Geschichte. Sie stellt sich in den nächsten Tagen vor. Angenehme Stimme. Englisch und Französisch kann sie auch.«

»Alter?«

Ali zögerte. »Äh . . . sechsundzwanzig.«

»Zu jung für unser Publikum! – Hat sie Erfahrung mit Gruppen?«

»Sie leitet eine Handballmannschaft an der Uni.«

»Gestorben, die Tante.«

»Na, hör mal!« brauste Ali auf. »Zauber du doch mal auf die Schnelle jemand Besseres hervor!«

Er hatte recht. Einen Versuch war die Doktorandin wert, obwohl ich mir schon die Reaktion von Neumann-Lechner ausmalen konnte: *Um Gottes Willen, Herr von Warberg, unmöglich! Die Leute sind an Doktor Rönneburg gewöhnt, denen können wir keinen Teeny auftischen.* Für Neumann-Lechner war jeder unter dreißig ein Teeny. Ali wußte das genausogut wie ich.

»Hm ... probieren wir, sie unserem großen Chef schmackhaft zu machen. Ich begann eine Faxnachricht an die Berliner Zentrale zu tippen. »Wie heißt sie?«

»Edda.«

»Nachname, du Telefoncharmeur!«

»Hansen.«

Die Antwort aus Berlin kam postwendend, war knapp und erstaunte uns beide gleichermaßen: Wenn Kandidatin geeignet, unbedingt sofort unter Vertrag nehmen. Dringend auch weiter nach Ersatz für Professor Müller suchen. In Stockholm soll es einen Türkei-Experten geben, der in Frage käme. Bitte schnellstmöglich kontaktieren, eventuell auch besuchen. Name: Professor Dr. Dr. Butt. Adresse und Telefon/Fax: ...

»Na, hoppla!« sagte Ali. »Das sind ja ganz neue Töne vom Alten!«

»Bleibt ihm nicht viel anderes übrig, als Abstriche von der Hausphilosophie zu machen. Die Zeit drängt verdammt. Sie muß sich ja noch eingehend vorbereiten. Ich denke, ich überlasse es dir, einen Termin mit ihr zu machen. Den Professor rufe ich an.«

»Stets zu Diensten, Kollege!« sagte Ali und griff augenblicklich zum Telefon.

Ich ließ mich mit Livia verbinden. »Alles im grünen Bereich!«

»Nix!« Die am Limfjord haben mit der Steuerabrechnung geschlampt. Ich fahr gleich los und bleibe über Nacht im Landhaus. Vor morgen Abend wird es nichts mit uns, befürchte ich.«

»Ist das dein Ernst?« Ich klang vermutlich ziemlich deprimiert.

»Schatz, ich versprech dir, wir holen dann alles nach! Alles! Kopf hoch, denk an morgen!«

Damit war ich aus der Leitung entlassen. Nun, gut! Zu tun gab es reichlich, ich mußte meinen Schmerz ja nicht unbedingt mit Alkohol betäuben.

Ali telefonierte noch immer wie in Trance. Ich trommelte mit einem Kugelschreiber gegen seine Schreibtischlampe.

»Was ist?« Er bedeckte die Sprechmuschel mit der Handfläche.

Ich zeigte ihm meine Armbanduhr. Es war Punkt zwölf. »Ich gehe jetzt auf einen Snack ins *Café Jorden*.«

»Ich komme gleich nach«, sagte Ali. »Bestell mir schon einen Krabbentoast.«

ILT-Århus hatte die wichtigsten deutschen Zeitungen abonniert. Ich griff mir die *FAZ*, *Die Welt* und die *Berliner Morgenpost*.

Es regnete nur noch schwach. Die roten Fensterrahmen des *Café Jorden* glänzten wie frisch lackiert. Ich fand einen freien Tisch am Fenster und gab Alis Bestellung auf. Mir genehmigte ich zwei Spiegeleier. Ein Labrador-Verschnitt vom Nachbartisch versuchte, mich zu hypnotisieren. Pech gehabt, der Freund, ich hatte zum Frühstück nur ein Glas Orangensaft (mit Aspirin plus C) getrunken. Ein Bröckchen Brot fiel aber doch für ihn ab, was dem Hundehalter gar nicht gefiel. Ali ließ auf sich warten. Der Labrador fixierte den Krabbentoast und mußte unter den Tisch an die Leine. Das Werbeplakat für ein zünftiges Carlsberg-Bier war verführerisch, aber eingedenk des Gelages in der Sushi-Bar bestellte ich einen zweiten Schwarztee und widmete mich zuerst der *FAZ*. Die Wirtschaftsprognosen blieben gemischt. In der Politik regte sich auch nichts Weltbewegendes, und der Sportteil interessierte mich nicht. In der *Berliner Morgenpost* schlug ich gleich die Lokalseiten auf. Im *Adlon* hatte eine englische Girlie-Band logiert, und Direktor Teasdale hatte wohl wieder seine liebe Not mit den jugendlichen Fan-Horden gehabt, obwohl er auf dem Pressefoto wie stets ganz entspannt in die Kamera blickte. Ich blätterte weiter: Nachrichten aus den Bezirken, reich bebildert. Im Nachbarhaus von ILT wurde eine Kunstgalerie eröffnet (Schwerpunkt avantgardistische Malerei aus Zentralasien!). Viel Prominenz hielt Sektgläser in der Hand. Ich entdeckte Neumann-Lechner neben einem Geschäftsführer vom Dussmann-Kulturhaus, zwei mir bekannte Banker – und unseren Ober-Boß Fujita. ›Sieh an!‹ dachte ich. ›Man zeigt Flagge.‹

Gerade begann ich den Fortsetzungsroma, als Ali zur Tür hereinkam.

»Und, wie heißt ihre Großmutter?«

Er verzog das Gesicht und setzte sich mir gegenüber. Alsdann sprach Aga Ali Pascha Effendi herablassend: »Zu Ihrer Information, mein Herr, Frau Hansen und ich haben rein dienstlich miteinander parliert. Übermorgen kommt sie nach Århus zum Vorstellungsgespräch.«

Die Rolle eines blasierten türkischen Patriarchen ließ sich indes nicht ewig durchhalten. Ich lachte laut los. Er mußte grinsen, beugte sich vertraulich vor, ergriff meine Hand und flüsterte: »Sie ist noch ledig, Jost!«

»Als ob das für Herrn Ökan ein Argument wäre!«

»Ich betone, mir ging es nur um das Wohl unserer Firma!« Mit seinem treuen Blick ähnelte er dem Labrador.

Er wickelte Messer und Gabel aus seiner Serviette: »Darauf ein Häppchen!«

Ich schmunzelte. »Deine Krabben habe ich übrigens gegen

den hungrigen Burschen nebenan erfolgreich verteidigen können.«

Ali schaute sich um. Der Hundebesitzer fauchte: »Geben Sie dem Tier bitte nichts mehr!«

Erst jetzt sah Ali den Labrador. »Hunde sind in meiner Religon unreine Tiere. Aber Ihnen hätte ich selbstverständlich ein halbes Krabbenbrot geopfert. Gebet den Armen, ist mein Leitspruch.«

Das war zuviel für den Mann. »Ober, zahlen!« rief er, stand auf und mußte den Hund hinter sich herziehen.

»Komischer Kauz«, brummelte Ali und langte nach der *Morgenpost*. »Was Neues aus der Hauptstadt?«

»Fujita und Neumann-Lechner sind abgelichtet.«

»Ah, ILT im Brennpunkt des kulturellen Geschehens!« Eine Krabbe fiel auf die Zeitung. Ali griff nach der Serviette und hielt inne. »Ja, lüg ich denn?«

Ich hatte mich gerade in die Reiseseite der *Welt* vertieft. »Im Zweifelsfall immer, mein Bester!«

»Mal Scherz beiseite, Jost. Das ist doch Holden hinter Fujita!«

»Holden?«

»Na, Howard Willmore Holden, der Teppichdealer aus Kaş!«

Ich nahm ihm die Zeitung aus der Hand. »Der mit dem Ziegenbart?«

Ich betrachtete das Foto. »Hm, eine gewisse Ähnlichkeit ist vorhanden. Aber sicher wäre ich mir nicht. Ziemlich unscharf, die Leute in der zweiten Reihe.«

»Das ist Holden«, sagte Ali. »Kauf dir eine Brille!«

»Ali, ich habe den Burschen in meinem Leben vielleicht nur dreißig Minuten gesehen.«

»Das ist Holden!« beharrte er.

15 Rutscht er in den Graben ...

Livia! Sie hielt ihr Versprechen, wir holten das Treffen nach.

»Ach, Jost, langsam geht mir das beständige Herumjetten auf die Nerven.«

»Apropos jetten. Bevor ich es vergesse: Morgen hat es mich erwischt. Ich muß zu einem Professor nach Stockholm und ihn gnädig stimmen, damit er für ILT arbeitet. Aber Pardon, ich habe dich unterbrochen.«

»Siehst du, dir geht es ja ganz ähnlich.« Sie lehnte sich zurück und schaute an die Zimmerdecke. Blattgold wie im *Adlon*. Dann sagte sie: »Manchmal denke ich, Daddy sollte den Laden schnell verkaufen und sich eine Insel im Mittelmeer gönnen. Oder besser zwei: eine für seine Tochter, von mir aus die kleinere. Er ist eh nur noch selten in Dänemark.«

»Und was hindert ihn daran?« Ich hockte mich im Schneidersitz neben sie.

Livia angelte nach den Zigaretten. Ich gab ihr Feuer.

»Tja, was eigentlich?« Sie inhalierte nicht, paffte bloß und verfolgte den Zigarettenrauch, der sich im Lichtkegel der Nachttischlampe sammelte. Sie drehte sich zu mir auf die Seite. »Eigentlich möchte er schon verkaufen und sich nur noch um seine geliebten Kelims kümmern. Im Augenblick würden wir aber seiner Meinung nach keinen guten Preis für alles kriegen. Deshalb strukturieren wir auch die verschiedenen Firmen um. Wir schreiben zwar beständig schwarze Zahlen, aber da läßt sich noch eine Menge optimieren. Wenn das erledigt ist, verkaufen wir. Nicht im Hauruck-Verfahren, ein guter Preis braucht seine Zeit.«

Ich holte den Aschenbecher aus dem Wohnzimmer. ›Ein guter Preis‹, dachte ich, ›wird für Livia und Daddy Olaf etwas anderes bedeuten als für mich.‹ Der Seidenteppich, auf dem ich lief, hätte ausgereicht, um eine marode Supermarktkette zu sanieren. »Und was sind da eure Pläne?«

»Zur Zeit versuche ich, einen potenten Partner in Norwegen zu gewinnen. Norwegen schwimmt im Öl-Geld.«

»Was ist mit den Japanern? Ich las in der *Zeit*, Hokkei hält 20 Prozent vom O.-M.-Konglomerat. Könnt ihr denen nicht mehr verkaufen?«

Livia schaute mich nachdenklich an.

Wir tranken einen Aperitif, zogen uns an und speisten in einem netten Restaurant am Hafen. Dinner bei Kerzenschein und viel schwerem Tafelsilber. Der *loup de mer*, den man uns zubereitete, lohnte den Umweg nach Århus.

»Frisch von Ihrer Farm, Fräulein Magnussen. Heute mittag geliefert!« hatte der Kellner gesagt, als er uns das Minimeeresungeheuer auf Eis gebettet zum Begutachten präsentierte. »Ich empfehle den Herrschaften gegrillte Filets in Multebeeren-Aquavit-Schaum und dazu die berühmten Troll-Pilze aus der Vänernsee-Region – in Rentierbutter geschwenkt.«

Der Seewolf war köstlich.

Zum Espresso ließ ich mir eine Zigarre kommen. Livia trank einen Armagnac. Ich bat den Ober um die Karte des Hauses. Als ich sie in die Brieftasche steckte, erinnerte ich mich an das *Morgenpost*-Foto. »Schau mal, wer sich neuerdings in Berliner Kunsthändlerkreisen herumtreibt.«

Livia hielt den Zeitungsausschnitt hinter die Kerze. Sie stieß mit dem Ellbenbogen gegen ihr Glas. Der Teppich war so dick wie das Tafelsilber massiv. Der Cognac-Schwenker überstand den Fall. Der Kellner brachte wortlos, mit einer tiefen Verbeugung, einen neuen Armagnac.

»Pardon«, sagte Livia, tupfte mir einen Tropfen von meiner Hemdmanschette und griff wieder nach dem Foto. »Wen soll ich auf dem Bild kennen?«

»Der Dicke hinter dem Japaner – ist das nicht Holden?«

Sie schüttelte langsam den Kopf und reagierte, wie ich Ali gegenüber reagiert hatte: »Ähnlich sieht er ihm schon ein wenig, wie alle dicken Männer mit Spitzbart, wenn sie drei Zentner wiegen.«

Der Ober fragte mich nach einem weiteren Getränkewunsch. Ich blieb bei Espresso. Ich hatte am nächsten Morgen ein Ticket für die erste Maschine nach Stockhom via Kopenhagen und wollte mit dem Firmen-Saab ohne Restalkohol in den Adern zum Flughafen. Die Dänen sind verdammt pingelig, wenn es scheppert.

Ich setzte Livia ab. Sie sah müde aus.

»Ich bleibe nicht über Nacht, aber spät wird es bestimmt werden.«

»Ich bin eh wieder am Limfjord«, sagte Livia.

»Also bis übermorgen.«

»Ja, vermutlich.« Sie gähnte. »Falls mir nicht wieder was dazwischenkommt.«

Ein Streifenwagen gab hinter mir Lichtzeichen: ich stand im absoluten Halteverbot. Wir küßten uns rasch, dann setzte ich den Blinker und ordnete mich ein.

Ali war nicht in seinem Apartment. Es hätte mich auch gewundert. Für ihn war Århus ein noch weitgehend unbekanntes Terrain mit vielen reizvollen Gelegenheiten.

Ich stellte den Wecker und schaltete das Radio ein. Im Besitz eines Handys war ich auch wieder. Im Verkehrsfunk wurde vor Frühnebel und Glatteis gewarnt. Meinetwegen! Der Saab hatte neue Winterreifen, und bis zum Flugplatz war es nicht allzu weit. Daß ich Livia erst in zwei Tagen treffen würde, schmeckte mir gar nicht. Neumann-Lechner kannte ich als sprunghaften Menschen. Wenn der Professor in Stockholm sich als ein ernstzunehmender Kandidat herausstellen sollte, konnte mein Aufenthalt in Dänemark schneller beendet sein, als mir lieb war.

Morgenstund hat Gold im Mund! Ich werde nie begreifen, wie ein denkender Mensch jemals diesen Satz formulieren konnte. Eine zum Sprichwort geronnene Lüge war das. Ich jedenfalls hatte immer einen pelzigen Geschmack im Mund und nie gute Laune, besonders nicht in der dunklen Jahreszeit, und ich kannte nur Leute, denen es ähnlich erging. Also duschen, schwarzen Kaffee, eine Scheibe Toast und eine Zigarette. Von Gold im Mund noch immer keine Spur, dafür aber nach dem Blitzfrühstück eine Zahnpasta, die angenehm nach Pfefferminze schmeckte. Rasieren, ein abschließender Blick in den Spiegel, einen Spritzer Davidoff Eau de Toilette aufs Unterhemd gesprüht, einen weiteren mangels After-shave ins Gesicht massiert. Fertig. Jost von Warberg war der Welt wieder präsentabel.

Ich holte den Saab aus der Garage, fuhr bei ILT vorbei, angelte die *FAZ* aus dem Briefkasten und drehte das Radio an. Jedes Volk, das ich bisher kennengelernt hatte, besaß ein Äquivalent zum deutschen Schlager. So auch die Dänen. Ich schob eine Kassette ein. Mit Livaneli wurde dieser wunderschöne, neblige, naßkalte Morgen wieder erträglich. In den nördlichen Vororten kamen mir die ersten Pendler mit freigekratzten Windschutzscheiben entgegen, und der Nebel wurde zeitweilig dichter. Auf der Landstraße war die Sicht gut. An einer waagerechten Rauchfahne konnte man erahnen, daß es kräftig wehte. Ein grüner Kombi überholte mich mit Affenzahn. ›Wenn der so weiterheizt, hat er eine gesicherte Zukunft als Organspender‹, dachte ich.

Ich rauchte eine Zigarette, stellte das Schiebedach auf, schloß es aber gleich wieder, denn die Windgeräusche waren nervig. Die Straße war frei, ich beschleunigte etwas. Hinter mir fuhr ein Lkw. In einer Kurve bremste ich leicht und merkte, daß das ABS reagierte. Ich ging vom Gas. Der Lkw wurde auch langsamer. Der Wind vereiste stellenweise die Fahrbahn. Es gab keinen Grund zum Rasen, ich lag gut in der Zeit.

Ein Dorf zog vorbei. Puppenstubendänemark. Niemand hatte Vorhänge oder Gardinen vor den Fenstern. In den Küchen saß man beim Frühstück. Väter holten Zeitungen aus Briefkästen, Kinder gingen Gassi. Ich zählte drei Jagdhunde, vier Dackel und einen Rottweiler. Mutter hantierte meistens am Herd. Nur einmal sah ich sogenannte Scheibengardinen. Dort wohnten vermutlich Zugereiste aus der Vorder-Rhön, wo ich einmal in einer Wirtschaft einkehrte, in der man alle Fenster, die eine freie Aussicht auf die Wasserkuppe erlaubten, gnadenlos mit Trockenblumen, Gartenzwergen, Kakteen und tülligen Fetzen alias Scheibengardinen verschönt hatte.

Der Lkw war dicht hinter mir aufgefahren und riß mich aus meinen Land-und-Leute-Betrachtungen. Ich beschleunigte wieder. Am Dorfausgang überholte ich einen Traktor mit Anhänger. Ich wechselte die Kassette. Die Landstraße verlief schnurgerade. Meine Tachonadel stand tempomatfixiert konstant auf 80.

Das Land war flach. Entlang der Straße erstreckten sich zu beiden Seiten kilometerweit niedrige Schonungen. Zwischen den Bäumchen schimmerten hier und da noch Schneereste. Die endlosen Anpflanzungen von jungen Kiefern und Buchen lagen etwa anderthalb Meter unter Straßenniveau und begannen gleich hinter der grasbepflanzten Böschung. Ein Wildnetz trennte Böschungsstreifen- und Schonungsgelände.

»Bu gün yollarda«, sang Livaneli, als der Lkw, ein Mercedes-Tieflader, blinkte und zum Überholen ausscherte. ›Idiot‹, dachte ich noch. Der Lkw beschleunigte und zog scheppernd in Zentimeterabstand an mir vorbei. Fluchend steuerte ich dichter an die Linie, die den befestigten Seitenstreifen markierte.

Plötzlich bremste der Mercedes und zog auch nach rechts, dann abrupt nach links. Ich riß das Lenkrad herum.

Zu spät. Das hinterste Rad des Tiefladers kickte den Saab wie einen Tennisball auf den Seitenstreifen. Ein paar Sekunden lang muß es mir glungen sein, die Richtung zu halten, dann geriet ich auf eine Eisplatte und schoß die flache Grasböschung in die Schonung hinunter. Ich stemmte mich gegen das Lenkrad, riß das Wildnetz mit und pflügte ein gutes Dutzend armdicker Kiefern um, bevor eines der Vorderräder in eine Mulde geriet. Der Saab legte sich auf die Seite, rutschte dann auf dem Dach weiter und kam mit allen Rädern in der Luft nach etlichen Metern zum Stehen, exakter formuliert: zum Liegen, während ich im wahrsten Sinne des Wortes in den Seilen hing.

Wo war unten, wo war oben? Benommen, wie ich war, schaffte ich es doch als erstes, den Zündschlüssel abzuziehen. Dann stemmte ich mich gegen den Dachhimmel, strampelte mich aus dem Sicherheitsgurt und blieb mit einem Fuß am Lenkrad hängen. Mein Handy rutschte aus der Brusttasche. Wo unten war, wußte ich nun. Es folgten weitere Verrenkungen.

Die Tür ließ sich leicht öffnen. Ich kroch über das mitgeschleifte Wildnetz, verfing mich in den Maschen und fiel in einen Schneematschhaufen. Mit dem Gefühl von Pudding in den Knien richtete ich mich langsam auf und merkte erst jetzt, daß ich an der Stirn blutete. Schmerzen hatte ich keine. Ich betupfte die Stirn mit meiner Krawatte. Es schien nur eine kleinere Platzwunde zu sein. Dann schrie ich los: »Du Drecksau!«

Das Schwein hatte natürlich nicht angehalten und war vermutlich längst über alle Berge. Fluchend tastete ich nach meinem Zigarettenpäckchen. Ich fand es neben dem Handy, dem Aschenbecherinhalt und den Livaneli-Kassetten auf dem Dachhimmel. – Wie, verdammt noch mal, war die Notrufnummer in Dänemark? Auch 112 oder 110?

Fehlanzeige! Ich steckte das Handy in die Brusttasche zurück und zündete mir eine Zigarette an. ›Scheiße!‹

Dann sah ich den Trecker die Böschung hinunterfahren. Langsam ging ich ihm entgegen, neben mir die Rinne, die der Saab in das weiche Erdreich gepflügt hatte.

Ein junger Bursche sprang vom Trecker und rannte auf mich zu.

»Bist du verletzt?«

»Nicht so schlimm, bloß die Platzwunde.«

»Ich habe alles beobachtet. Er hat dich regelrecht von der Straße gefegt.«

»Das Schwein hätte wenigstens anhalten können.«

Der junge Mann deutete auf die Handyantenne. »Warum rufst du keine Ambulanz?«

»Ich weiß die Nummer nicht.«

»Dreimal die Null.«

»Kannst du das für mich machen? Ich bin zu zittrig.« Das stimmte. Ich setzte mich auf das breite Trittbrett der Traktorkanzel, lehnte mich gegen die geöffnete Tür und legte die Beine auf das Vorderrad.

Ich schloß die Augen und atmete tief durch. Wie durch eine Wattewand hörte ich den Jungen sprechen. Dann wurde die Stimme deutlicher.

»Sie sind in fünf Minuten hier.«

Ich öffnete die Augen. »Danke.« Es geht schon wieder. War wohl der Schock.« Das Puddinggefühl aus meinen Beinen war verschwunden.

»Du hast bei allem Glück gehabt. Nach hundert Metern werden die Baumstämme dicker, und ab da fehlt auch der Seitenstreifen.«

Ich blickte in die Schneise mit den entwurzelten Kieferstämmchen. »Als ich die Böschung runter bin, habe ich bestimmt noch siebzig Stundenkilometer draufgehabt. Die Dinger haben wie eine Stotterbremse gewirkt und enorm viel Energie verzehrt, sonst wären die Airbags explodiert.«

Der junge Mann nickte. »Die Wurzeln sind noch schwach

und haben nachgegeben. Der aufgeweichte Boden hat auch gebremst. Bei Frost hätte es ganz schön gescheppert.«

Eine Sirene, erst kaum vernehmlich, wurde beständig lauter.

16 Parallelen sind Linien, die sich in der Unendlichkeit treffen

Ali holte mich aus der Unfallklinik ab und fuhr mich zum Apartment. Mit einem Pflaster auf der Stirn, der blutbefleckten Krawatte und meinem verdreckten Anzug sah ich wenig vertrauenerweckend aus. Ali telefonierte mit Stockholm, während ich mich umzog. Er machte mit dem Professor einen neuen Termin aus.

Ich war verbeulter, als ich es nach dem Unfall wahrgenommen hatte: Bluterguß am linken Ellenbogen, Prellung an der rechten Schulter und jede Menge blauer Flecken. Aber die *hardware* war intakt geblieben, nichts gebrochen oder verstaucht. Die *software* war auch okay. Zwei Ärzte hatten alle möglichen Tests mit mir gemacht. Weder eine Gehirnerschütterung noch ein Schleudertrauma hatte mich bei meiner Rutschpartie ereilt. Ich stand vor dem Spiegel im Bad und verarztete mich mit Mobilat. Die Unfallklinik hatte mir eine extra große Tube spendiert.

Ali kam zur Badezimmertür. »Ich habe ihm gesagt, daß du übermorgen kommen würdest. Er wünscht alles Gute zur Wiedergeburt.«

Es fiel mir im Moment reichlich schwer, mich unbändig darüber zu freuen, daß ich mich *nicht* um einen dicken Straßenbaum gewickelt hatte, denn die Schulterprellung tat langsam ziemlich weh.

»Ist normal«, tröstete mich Ali. »Am Anfang merkt man kaum was, und wenn der Erguß weiter anschwillt, fängt es an zu spannen.«

»Danke für das Mitgefühl«, knurrte ich. »Aber übermorgen ist in Ordnung.«

Dennoch hatte Ali natürlich recht. Hätte der Lkw mich hundert Meter weiter von der Straße gedrängt, wäre ich kaum so glimpflich davongekommen. Daß ich bei Tempo achtzig in dem Schwedenpanzer die Löffel abgegeben hätte, glaube ich zwar nicht, aber es hätte doch weitaus mehr gescheppert.

Ich hörte, wie Ali den Kühlschrank öffnete.

Auf meinem Anrufbeantworter war eine Nachricht von Livia.

Wichtige Geschäfte erforderten es leider, daß sie vom Limfjord nicht nach Århus zurückkommen konnte, sondern gleich von dort aus via Flughafen Ålborg nach Holland fliegen würde.

›Na, fabelhaft‹, dachte ich.

»Armer Jost!« sagte Ali. »Krank und verlassen!« Er brachte zwei Flaschen Bier, holte Gläser und schenkte mir ein. »Aber zum Glück hast du ja mich noch! – Anne hat eine nette Freundin, studiert ebenfalls an der Kunstakademie. Falls du dich langweilen solltest, ich hätte ihre Telefonnummer. Um deinen Genesungsprozeß zu beschleunigen, würde ich, als dein alter Freund, dir natürlich auch Anne selbst für ein paar Tage anvertrauen. Sie hätte bestimmt nichts dagegen, ist ja schließlich Künsterin. Sie malt phantasievolle Männerakte. Die blauen Flecken würden sie bestimmt zu einem Gemälde inspirieren: *Mann mit dickem Ellenbogen auf Schaukelstuhl.*«

Es war unmöglich, in Alis Gegenwart lange deprimiert zu bleiben.

»In welchem Zustand war der Saab eigentlich?« Er holte zwei weitere Carlsberg.

»Als fabrikneu geht er nicht mehr durch.«

»Kann ich mir vorstellen. In einem Kleinwagen oder Kabrio hättest du bestimmt alt ausgesehen.« Ali goß uns nach. Wir tranken schweigend. Ali erhob sich mit dem Glas in der Hand und begann im Zimmer auf und ab zu gehen. Ich hatte mich auf der Couch ausgestreckt. So wie ich die Augen zumachte, waren die Bilder wieder da: die aufleuchtenden Lkw-Bremsleuchten, der dumpfe Stoß mit dem Hinterrad, der holprige Seitenstreifen, meine ins Lenkrad verkrallten Hände . . . und dieses eigenartige Gefühl, daß . . .

»Jost?«

Ich rieb mir die Augen. »Ja?«

Ali stand mit dem Rücken zu mir vor dem Fenster und schaute auf den Domplatz. »Weißt du, das ist schon eine merkwürdige Häufung von Ereignissen. Erst Professor Müller, dann Petra Rönneburg und heute du.«

Damit sprach er aus, was mir auf der Zunge gelegen hatte.

»Ja«, sagte ich. »Fast könnte man meinen, jemand will ILT-Mitarbeiter aus dem Weg schaffen.«

Ali drehte sich um, unsere Blicke trafen sich, keiner sprach, dann nickte er bedächtig.

»Und je mehr ich darüber nachdenke, desto mehr möchte ich behaupten, daß der Mercedes das Schleudermanöver absichtlich angezettelt hat. Es gab auf der freien Strecke keinen vernünftigen Grund, derart in die Eisen zu steigen.«

»Fazit?«

»Fazit?« Ich schloß die Augen wieder. »Hast du eine Idee?«

»Nein. Nur ein Scheißgefühl in der Magengegend.«

»Tja, dem schließe ich mich an.«

Ali verließ mich und ging noch einmal ins ILT-Büro. Ich fühlte mich aufgedreht und hundemüde zugleich.

»Falls Sie wegen der Schulterprellung heute abend nicht einschlafen können, gebe ich Ihnen vorsichtshalber ein Schlafmittel mit«, hatte der Unfallarzt bei meiner Entlassung gesagt. »Versuchen Sie mit einer Tablette auszukommen. Das Mittel ist sehr stark.«

Schmerzen hatte ich eigentlich keine, nur wenn ich den Arm ruckhaft bewegte, tat die Schulter weh. Aber ich wollte jetzt einen Filmriß. Ich nahm beide Tabletten mit dem letzten Schluck Bier und legte mich wieder auf die Couch.

Irgendwo tickte eine Uhr. Dann klirrte ein Glas. Ein Telefon schellte. Ein Triangel wurde angeschlagen. Zwei Handwerker hebelten mit Brecheisen rhythmisch an der zerbeulten Stoßstange meines 95ers. Der Ambulanzwagen schaltete die Sirene ein. Dann läuteten plötzlich die Domglocken in der Diele, und ich wachte endlich auf. Jemand klingelte Sturm. Ich tastete mich zum Lichtschalter. Es war elf Uhr nachts. Benommen drückte ich die Taste der Gegensprechanlage. »Ja, bitte?«

»Ich bin's.«

Ich betätigte den Haustüröffner.

»Mensch, Jost! Ich klingele ununterbrochen seit fünf Minuten!«

»Hab schon gepennt.«

»Mit Schuhen?«

»Die Pillen vom Unfallarzt«, sagte ich. »Ex und hopp und ab ins Land der Träume.«

»Wann hast du die Bomben geschluckt?«

»Gleich, nachdem du raus bist. Rein mir dir.«

Ich hatte zehn Stunden fest geschlafen. Ich schüttete mir Kaltwasser ins Gesicht und ging zu Ali ins Wohnzimmer. Im Gegensatz zu manchem Erwachen nach einer Zechtour fühlte ich mich erstaunlicherweise frisch. Einen Bärenhunger hatte ich auch.

Ali deutete auf meinen Telefonapparat. »Da ist was auf dem Anrufbeantworter. Ich ahne auch, was.«

»Ich habe geschlafen wie ein Stein.«

Ich ging zum Schreibtisch. Eine sonore Stimme sagte:

»Verkehrsunfallzentrale Århus. Herr von Warberg, bitte setzen Sie sich mit uns in Verbindung! Sie erreichen uns unter der Nummer . . .«

Ali setzte sich aufs Sofa und verschränkte die Arme vor der Brust. »Na, bitte, die Polizei! Also richtig geraten! – Sie haben schon bei ILT angerufen.«

»Was wollten sie?«

»Die haben den Lkw.«

»Was???«

»Ohne den Fahrer natürlich. Der Mercedes ist heute früh im Hafen gestohlen worden.«

»Nein! Wie bitte? Sag das noch mal!«

»Du hast richtig gehört. Gestohlen.«

Ich starrte Ali an.

»Gestohlen«, wiederholte er. »Woran erinnert dich das?«

Mein Gehirn ratterte. Mir wurde plötzlich ganz flau. »Wie bei Professor Müller!«

Ali preßte die Lippen aufeinander. »Die Parallelen sind wohl kaum noch zu ignorieren.«

Ich ließ mich in einen Sessel fallen. »Scheiße!«

Ali sagte nichts.

»Das heißt ...« Ich versuchte meine Gedanken zu ordnen.

Ali lachte trocken. »Ich frage mich, wann mir ein Blumentopf auf den Schädel fällt!«

Ich überlegte. »Ali?«

»Ich höre!«

»Verdammt noch mal! Irgend jemand hat es auf ILT abgesehen! Das Heroin hinter der Stoßstange in Antalya, der Mord an Petra Rönneburg, Professor Müller – ich!«

»Sicher, Jost! Aber wer?«

Wir redeten noch lange, aber unsere Überlegungen drehten sich irgendwann nur noch im Kreis.

»Den Professor in Stockholm übernehme ich, Befehl vom Boß. Du sollst für einen Tag nach Berlin kommen, er will, daß du die *Adlon*-Sache verhandelst. Wir bekommen eine dritte Suite.

»Von mir aus!« sagte ich resigniert. Livia war ohnehin nicht in Århus.

17 Intermezzo in Berlin

Meine Beziehung zu Livia prägte zunehmend das moderne Telekommunikationszeitalter. Fax, Anrufbeantworter und Handymailbox können Fluch und Segen zugleich sein. Nach meinem Autounfall wurden sie mehr und mehr zum Fluch. Man hinterläßt in der Mailbox eine Telefonnummer, das eigene Handy ist in einem Funkloch, man ruft zurück und wird von einer Rufumleitung mit wieder einem Anrufbeantworter verbunden: ein Spiel ohne Grenzen. Wir schafften es auch nicht, direkt miteinander zu sprechen, als ich wieder in Berlin war. Daß es mit uns nicht klappen wollte, hatte viele Gründe: ausgeschaltete Handys, leere Akkus, Roamingprobleme, Funkverbot in Flugzeugen oder Restaurants. Die Aufzählung ließe sich beliebig verlängern.

Ich war gerade im Begriff, zum *Adlon* zu gehen, als Frau Hellinger in mein Büro trat. »Eben kam ein Fax für Sie aus Belgien bei mir an. Und dann möchte Herr Suzuki Sie sprechen.«

»Ist er jetzt permanent in Berlin?«

»Nein, nur für die Zeit von Direktor Fujitas Abwesenheit.«

»Wo steckt der eigentlich? Ich verpasse ihn andauernd.«

»Er befindet sich auf Geschäftsreise in Frankreich und den Benelux-Ländern. Herr Suzuki vertritt ihn während seiner Abwesenheit. Ich denke, Herr Suzuki möchte über den Stand der Dinge in Århus informiert werden.«

»Gerne! Aber das wird heute – leider! – mehr oder weniger nur in Stichworten möglich sein. Ich habe gleich eine Verabredung im *Adlon*.«

»Ich sage ihm Bescheid.« Frau Hellinger gab mir das Fax.

Wieder eine Tücke der hypermodernen, neueingerichteten ISDN-Anlage oder ein schlichter Zahlendreher? Denn das Fax war von Livia, und ich hatte schließlich meine eigene Faxmaschine, und sie kannte die Nummer.

»Danke!«

Es waren nur ein paar hastige, handschriftliche Zeilen:

Hallo, Jost!

Bin total im Streß. Daddy hat seine Meinung geändert, er will doch verkaufen. Alles! Ein Termin jagt den anderen. Muß mit mehreren Kaufinteressenten in mehreren Ländern dealen. Bin erleichtert, daß sich – um Deinen Ausdruck zu benutzen – die blauen Flecken schon langsam gelb färben! Ich melde mich wieder, sobald ich Gelegenheit habe. Vergiß mich nicht! Kuß Li

Die Telefonnummer und den Namen des Brüsselers Hotels konnte ich nicht entziffern.

Schau her! O. M. wollte verkaufen! Wie schnell sich doch Meinungen ändern können. Ich hatte noch Livias Worte im Ohr. »Daddy rechnet frühestens in ein, zwei Jahren mit einem günstigen Zeitpunkt.«

Ich schaute zur Uhr, die Zeit drängte. Ich hatte keine Lust, die Leute im *Adlon* warten zu lassen. Mehr als zehn Minuten würde ich dem schüchternen Herrn Suzuki aus der Kokubo-Zentrale mit seinem zähen Englisch nicht erübrigen können.

Suzuki hatte ein Büro neben Fujitas Zimmer. Ich klopfte an.

»Come in, please!«

Ich drückte die Türklinke hinunter. Es war abgeschlossen. Ich klopfte erneut.

»Oh, solly, I forgot the key!«

Ein Schlüssel wurde gedreht. Suzuki gab mir einen laschen Händedruck. »Please, sit down, Mista vonnu Walbaag!«

»Danke! – Frau Hellinger hat Ihnen ausgerichtet, daß ich unglücklicherweise gleich gehen muß.«

»Hat sie. Es dauert auch nur ein paar Minuten. Im Prinzip

habe ich nur eine Frage, aber darüber können wir uns auch morgen ausführlicher unterhalten.«

Täuschte ich mich, oder wirkte der kleine Japaner leicht verstört? Und was sollte das mit der Tür? Niemand von uns schloß jemals hinter sich ab. Ich setzte mich. Suzukis Schreibtisch glich einem Schlachtfeld. Suzuki schien Frischluftfanatiker zu sein. Alle Fenster standen sperrangelweit offen.

»Wirklich nur eine Frage! – Ich gehe gerade systematisch die Firmenkonten durch. Sagt Ihnen zufällig der Name des Begünstigten etwas?« Er zeigte mir die Fotokopien von einem Barscheck der Dresdner Bank über eine halbe Million DM. Der Begünstigte war irgendein van *Sowieso*.

Der Scheck war in der vorigen Woche in Berlin ausgestellt und von Fujita unterschrieben worden.

»Bitte«, drängte Suzuki. »Haben Sie den Namen schon einmal gehört?«

Ich besah mir die Kopie noch einmal. Nein, ich kannte keinen van Kolt oder van Holt. »Tut mir leid, Herr Suzuki. Ich fürchte, ich kann Ihnen da nicht weiterhelfen. Ist was mit dem Scheck?«

»Keineswegs, keineswegs!« sagte er hastig. »Ich dachte bloß, weil Sie schon geraume Zeit bei ILT arbeiten, würden Sie vielleicht . . .« Suzuki erhob sich. »Aber nun will ich Sie wirklich nicht aufhalten!« Damit war ich entlassen.

Da war doch was faul! Warum, zum Teufel, fragte er Fujita nicht selbst?

Dann hetzte ich los.

In der Halle des *Adlon* begrüßte Direktor Teasdale zwei Herren mit einem Dutzend Bodyguards. Ich erkannte einen Staatssekretär und den türkischen Wirtschaftsminister. Kameras klickten und Blitzlichter blitzten.

Ein Page brachte mich zu den Verwaltungsräumen in der ersten Etage. Ich unterschrieb den Vertrag für die dritte ILT-Suite und warf einen Blick in die *American Bar*. Sie war noch geschlossen. Der Abend mit Esbeck und Hofmann fiel mir wieder ein. Ich beschloß Tron vom Büro aus anzurufen. Er würde ihre Adresse in Tokio haben. Vielleicht kannten sie einen van Kolt oder van Holt. Und ein paar Fragen zu Suzuki hatte ich auch, die sie mir vielleicht beantworten konnten.

Unter den Linden, auf dem Weg zurück in die Friedrichstraße, begegnete ich Neumann-Lechner und Frau Hellinger.

»Alles unter Dach und Fach«, sagte ich.

»Sehr erfreulich«, sagte mein Boß. »Anfang Mai organisiert ILT einen Kongreß von Wirtschaftsexperten aus aller Welt. Da kommt uns die zusätzliche Suite sehr zupaß.«

Die Nachmittagssonne wärmte schon beträchtlich. Die Passanten hatten die Mäntel aufgeknöpft. Ganz Verwegene saßen vor dem Café Einstein und tranken ihr Feierabendbier oder den Espresso zum ersten Mal im Freien. Ein Vorgefühl von Frühling machte sich in der Stadt breit. Frau Hellinger hatte sich umgezogen, seit ich sie im Büro gesehen hatte. Auch Neumann-Lechner trug Abendgarderobe.

»Wohin des Wegs im großen Hofstaat?« fragte ich.

»Ein Empfang in der russischen Botschaft«, sagte Neumann-Lechner.

Frau Hellinger sah nicht begeistert aus.

»Hoffentlich muß ich nicht ständig Wodka trinken wie bei der Weihnachtsfeier des polnischen Gesandten. Ich war nachher drei Tage krank.«

›Sie hätten Herrn Furu einfliegen sollen. Er hat ein Jahr in Sankt Petersburg gelebt und schwärmt immer noch von den Parties dort.«

»Pflicht ist halt Pflicht«, sagte Frau Hellinger wenig überzeugend.

Neumann-Lechner grinste. »Sie können sich ja mehr an den Kaviar halten, Verehrteste. Das mit dem Wodka erledige ich schon. – Gehen sie noch mal zu ILT?«

»Ja, hatte ich vor. Muß noch ein wenig Papierkram erledigen. Morgen bin ich ja schon wieder in Århus.«

»Schade!« sagte Frau Hellinger. »Dort ist der Frühling bestimmt noch in weiter Ferne.«

»Der Schnee ist fast überall weg, lange wird es auch nicht mehr dauern.«

Wir gaben uns alle die Hand.

Neumann-Lechner wünschte mir einen guten Flug und: »Ach, eine Bitte noch! Bestellen Sie Herrn Suzuki, daß ich morgen kaum vor elf Uhr in der Firma sein werde.«

»Ich verstehe.«

Frau Hellinger verstand auch und seufzte. »Es ist außer Herrn Suzuki niemand mehr im Büro, der Sie einlassen könnte. Aber Sie haben ja einen Schlüssel.«

Ich nickte und wünschte ihnen viel Spaß bei den Russen.

Ich bog in die Friedrichstraße und sah schon überall das Blaulicht. Das Trottoir und die halbe Fahrbahn vor dem ILT-Haus war von Polizei und Feuerwehr abgesperrt worden.

Ich sah einen Angestellten aus dem Büro unter uns. »Wissen Sie, was hier los ist?«

»Einer Ihrer Japaner hat sich umgebracht. Er ist aus dem Fenster gesprungen. Die Feuerwehr hat die Leiche schon abtransportiert.«

»Was?« Ich lief zu dem nächsten Polizisten. »Ich bin ein Arbeitskollege von . . . von . . .«

Der Beamte nickte. »Warten Sie, ich verständige den Einsatzleiter.« Er sprach in sein Funkgerät. »Bitte kommen Sie mit!«

Die Etagentür zu ILT war aufgebrochen worden. Der Einsatzleiter war ein älterer Hauptkommissar. Er nahm im Flur vor dem Fahrstuhl meine Personalien auf.

Drei Männer mit Aluminiumkoffern und Fototaschen kamen aus Suzukis Zimmer. »Wir sind fertig, Horst.« Ihnen folgten eine Frau und ein junger Mann in Lederjacken.

»Die Kollegen von der Kripo«, sagte der Hauptkommissar. »Herr von Warberg ist ein Arbeitskollege des Toten.«

»Kommissar Binder«, sagte der Mann.

»Lück, Oberkommissarin«, sagte die Frau. »Horst, wir haben das Zimmer versiegelt.«

Der Einsatzleiter spitzte den Mund. »Aha!«

Ich schaute die Frau an, dann ihren Kollegen. »Ist das so üblich – bei . . . Selbstmord?«

Die Frau sagte: »Nein.«

»Ich verstehe nicht . . .«

»Herr von Warberg«, sagte die Frau. »Es war mit großer Wahrscheinlichkeit kein Selbstmord. Es gab Kampfspuren. Wir hätten Ihnen gerne einige Fragen gestellt.«

18 Klaus Esbeck zitiert Bob Dylan in Tokio

Gegen einundzwanzig Uhr war ich endlich zu Hause in Hermsdorf. Ich hatte viele Fragen beantwortet, und Neumann-Lechner und Frau Helliger waren um Kaviar und Wodka gebracht worden. Neumann-Lechner und ich hatten dann noch das Vergnügen gehabt, den kleinen Japaner identifizieren zu dürfen. Es war kein schöner Abschluß für den ersten hauptstädtischen Frühlingstag gewesen. Ich hatte der Kripo gegenüber Suzukis Irritation bezüglich des Schecks erwähnt, aber Neumann-Lechner hatte eine schlüssige Erklärung geliefert: »Die Zahlung hat meines Wissens seine Richtigkeit. Willem van Holt soll für ILT in Holland eine Dependance eröffnen. Herr Suzuki war, als Direktor Fujitas Entscheidung fiel, noch in Tokio.«

In der Polizeidirektion hatte ich das nicht weiter kommentiert.

Ich sah immer noch den aufgeregten Suzuki vor mir, wie er mich in sein Büro bat, überlegte kurz, und rief Tron in Oslo an.

Als ich meinen Bericht beendet hatte, sagte er: »Da ist was oberfaul. In der letzten Woche hat die Reederei, bei der ich früher beschäftigt war, Konkurs angemeldet. Ein ehemaliger Arbeitskollege ist der Meinung, daß da nicht alles koscher verlaufen ist. Chaotische Kontenführung, gefälschte Bilanzen, halt die ganze Palette. – Die Kokubo-Tochter Hokkei mischt ja dort auch kräftig mit.«

»Wann und wie kann ich Esbeck oder Hofmann erreichen?«

»In diesem Fall jederzeit.« Er gab mir zwei Nummern.

»Tron, wenn ich jetzt dort anrufe, ist es sechs Uhr morgens!«

»Macht nichts«, sagte er, »ruf an!«

Esbeck meldete sich auf japanisch und nicht gerade munter. »Moshi, moshi. Kochira wa Esubeku desu!«

So verschlafen Klaus Esbeck auch sein mochte, er wußte gleich, wer ich war. Ich entschuldigte mich für die nächtliche Störung.

»Sie werden Ihre Gründe haben.«

Ich redete mindestens fünf Minuten, ohne daß Esbeck mich unterbrach.

Dann sagte er: »Sie haben mich vielleicht in Berlin mißverstanden, Herr von Warberg. Kokubo und die Tochtergesellschaften in Europa werden von Yakuza-Kreisen kontrolliert, da gibt es keinen Zweifel. Das bedeutet aber nicht, daß alle Kokubo-Mitarbeiter automatisch der Mafia angehören. Der Kreis der Eingeweihten ist eher klein. Herr Suzuki kam aus dem Staatsdienst zu Kokubo. Ich habe ihn persönlich kennengelernt. Er war ein aufrichtiger Mann.«

»Ist das ein Grund, ihn aus dem Weg zu räumen?«

»Die Leute, die Kokubo beherrschen, würden keine Sekunde zögern, einen Kindergarten in die Luft zu jagen, wenn ihre Organisation in Gefahr geraten sollte. – Sie erwähnten eben, daß Suzuki Sie wegen eines Schecks angesprochen hatte. Für wen war die Zahlung bestimmt?«

»Für einen Herrn van Holt.«

Die Leitung blieb eine Weile stumm. »Herr Esbeck, sind Sie noch dran?«

»Ja. Sagten Sie wirklich *van Holt*?«

»Ja. Willem van Holt.«

Ein trockenes Lachen kam aus dem Hörer.

»Der Name scheint Ihnen etwas zu sagen.«

»Und ob, Herr van Warberg! Wenn Willem van Holt für ILT tätig ist, erklärt das vieles. Auch den Mord an Suzuki.«

»Ich verstehe nicht . . .«

»Van Holt, Herr von Warberg, ist für Fujita und Co. der

Mann fürs Grobe. Seine und meine Wege haben sich schon mehr als einmal gekreuzt. – Sind Sie ihm jemals begegnet?«

»Nein.«

»Verzeihen Sie. Das war eine dumme Frage. Wer jemals van Holt getroffen hat, wird ihn nie wieder vergessen.«

»Warum?«

»Er ist der dickste Mensch, den ich kenne. Van Holt ist ein Homo erectus von Nilpferdproportionen.«

Ich mußte sofort an Howard Willmore Holden denken. »Ich kenne jemanden, auf den Ihre Beschreibung zutreffen könnte. Aber er ist Engländer.« Ich berichtete Esbeck von meiner Begegnung im *Sunrise*.

»Besitzen Sie zufällig ein Foto von ihm?«

»In einer Zeitung war neulich ein Bild, von dem ich meine, es könnte Holden sein, aber die Qualität ist dürftig.«

»Egal, faxen Sie es mir bitte zu!«

»Gleiche Nummer?«

»Ja, es ist ein Kombigerät. Ich rufe zurück, sobald Ihr Fax durchgekommen ist.«

Ich legte auf. Der Zeitungsausschnitt steckte noch in der Jackettinnentasche des Anzugs, den ich am Abend vor meinem Unfall in Århus getragen hatte. Ich stellte die Übertragung auf Fotoqualität ein und bekam sofort Verbindung mit Esbeck.

Im Kühlschrank fand sich eine einsame Bierdose. Ich riß sie auf und setzte mich neben das Telefon.

Nach einer Minute klingelte es. »Der Mann ist eindeutig Willem van Holt.«

»Und nun?«

»Wo van Holt in der Nähe ist, darf man getrost mit Überraschungen rechnen.«

»Ja, das ahne ich auch.« Ich erzählte Esbeck von Holt/Holdens Aktivitäten in der Türkei.

»Das paßt. Er kennt sich mit Antiquitäten aus. Auch mit Gemälden.«

»Wie heißt er richtig?«

»Da gehen die Meinungen auseinander. Meinem Kollegen Hofmann ist er einmal als *van Grootern* begegnet. Er arbeitet übrigens nie alleine. Wenn es zur Sache geht, hat er dafür seine Leute. Er ist der Kopf der Yakuza-Hilfstruppen in Europa.«

Ich nahm einen Schluck Bier. »Das sind ja wirklich reizende Aussichten.«

»Tron sagte, Sie hätten einen Autounfall gehabt?«

»Nicht nur ich. ILT-Mitarbeiter leben im allgemeinen sehr gefährlich.«

Als ich meinen Bericht über den Mord an Doktor Rönneburg und über die Fahrerflucht im Fall von Professor Müller beendet hatte, schwieg Esbeck für eine Weile. Dann räusperte er sich. »Ich möchte keine verbindliche Ferndiagnose stellen, aber diese Häufung von tragischen Ereignissen stimmt mich doch sehr bedenklich. – Wem können Sie bei ILT blind vertrauen? – Tron erwähnte einen Ali. Ali Ökan.«

»Für Ali würde ich meine Hand ins Feuer legen. Er und Tron sind ebenfalls lange miteinander befreundet.«

»Gut. Ich denke, Sie werden ihre Unterstützung brauchen. – Halten Sie mich bitte auf dem laufenden, Herr von Warberg. Eins steht fest: die Ereignisse werden in nächster Zukunft noch eskalieren. Die japanische Regierung hat gerade eine großangelegte Anti-Yakuza-Kampagne losgetreten. Ob sie am Ende Erfolg haben wird, wage ich zu bezweifeln, aber zumindest ist etwas in Bewegung geraten. Es gab in diesem Zusammenhang bereits einige spektakuläre Verhaftungen von Wirtschaftsbossen und mehrere Anklagen gegen führende Politiker wegen Korruption. Zwar ist Kokubo offiziell noch nicht im Visier der Fahnder, und in der kritischen Presse stand auch bislang nichts, aber wenn ich Ihre Geschichten höre, halte ich es durchaus für möglich, daß die Gruppe um Fujita nervös geworden ist.«

»War Suzuki vielleicht immer noch für die Regierung tätig und hatte mit dem Scheck an van Holt etwas Brisantes entdeckt?«

»Ich vermute es stark. Bevor Suzuki zu Kokubo kam, war er ein hohes Tier im Handelsministerium.«

»Was raten Sie mir? Soll ich die deutsche Polizei informieren?«

»Nein. Das wäre momentan zu früh. Außerdem würde man Sie für einen Spinner halten. Wie ich van Holt kenne, ist er längst wieder weit ab vom Schuß, und an Fujita beißen wir uns vorerst noch die Zähne aus. – Nein, ich möchte Sie bitten, mich oder Hofmann über alle Geschehnisse bei ILT-Berlin auf dem laufenden zu halten.«

»Ich fliege morgen wieder nach Århus. Dann werde ich mit Ali ausführlich besprechen, was wir unsererseits tun können, um Fujita hochgehen zu lassen. Ich hätte da ein paar Ideen.«

»Ich will Sie nicht daran hindern, Herr von Warberg. Je mehr Leute sich mit Fujita befassen, desto größer wird die Chance, ihn irgendwann einmal festzunageln. Aber bitte seien Sie sich darüber im klaren, daß Sie äußerst umsichtig vorgehen müssen.«

»Natürlich. Ich mache mir keine Illusionen. Ich scheine auf der Abschußliste zu stehen. – Weshalb auch immer.«

»Gelingt es Ihnen, das herauszufinden, sind wir alle ein gutes Stück weiter. Aber nochmals: Vorsicht! – Kennen Sie die Songs von Bob Dylan?«

»Sicher!«

»Das Album *Pat Garrett and Billy the Kid* auch?«

»Ja. Das ist doch der Soundtrack des gleichnamigen Films.«

»Genau. Aber Dylan singt auch zwei, drei Lieder, und in einem davon gibt es eine Zeile, die Sie beherzigen sollten. Sie lautet, wenn ich mich recht erinnere: ›Sleep with one eye open if you slumber.‹«

Ich informierte noch Ali. Er versprach, mich vom Flugplatz abzuholen.

19 Die Århuser Recherchen

In Tirstrup erwartete mich kein Ali, sondern eine Nachricht an der Fluggastinformation: »Muß leider überraschend mit Edda Hansen die Ferienhausanlage am Limfjord inspizieren. Probleme mit den Buchungen.«

Ich dachte mir meinen Teil, fuhr mit dem Taxi nach Århus zu ILT und rief bei Livia im Büro an.

»Es ist völlig ungewiß, Herr von Warberg, wie lange Fräulein Magnussen noch bleibt«, sagte mir ihre Sekretärin. »Die Verhandlungen laufen auf Hochtouren. Da möchte ich keine Prognosen abgeben, wann sie wieder zurück sein wird. In dieser Woche aber wohl kaum.«

Ich sortierte die Post und versuchte Ali über Funk zu kontakieren, aber es meldete sich nur die Mailbox.

Herr Amelung, der sich in Dänemark um Presse und Werbung kümmerte, brachte mir ein Belegexemplar von *Geo*. Wir hatten für unsere archäologische Skandinavien-Tour eine ganzseitige Annonce in mehreren Zeitschriften geschaltet.

»Wissen Sie, was am Limfjord schiefgegangen ist?«

»Eine merkwürdige Sache«, sagte Amelung. »Die Ferienhausgesellschaft in Skive hat die Reservierung für die Bungalows der ILT-Gruppe storniert.«

»Wie denn das? Wir hatten doch einen festen Vertrag.«

»Schon, aber in dem Vertrag steht auch, daß ein Drittel der Mietsumme vorab gezahlt werden muß.«

»Und das ist nicht geschehen?«

»Nein. Berlin hat die Summe nicht überwiesen. Seit der Kokubo-Beteiligung läuft ja der gesamte Geldverkehr nur noch über die Zentrale. – Ich arbeite schon lange für die Firma, aber das ist das erste Mal, daß so etwas passiert. Herr

Ökan versucht die Angelegenheit ins Lot zu bringen. Mit Neumann-Lechner hat er bereits gesprochen. Das Geld liegt schon abrufbereit in Skive bei der Sparkasse.«

»Rätselhaft! Die Ferienhausgesellschaft wird doch bestimmt gemahnt haben!«

»Sogar wiederholt. Aber in Berlin ist angeblich nie etwas angekommen. Weder Brief noch Fax.«

»War es viel Geld?«

»Ein beträchtliches Sümmchen.«

Ich tat stumme Abbitte, daß ich meinen Freund verdächtigt hatte, sich ein paar vergnügte Stunden mit Edda zu machen, und ließ mich von Frau Hellinger mit Neumann-Lechner verbinden.

»Eine mysteriöse Angelegenheit, Herr von Warberg. Ein Teil der Gelder für die Inneneinrichtung der Kaş-Villa ist auch nie in der Türkei angekommen. Dabei kann ich mich genau erinnern, den Überweisungsauftrag unterschrieben zu haben. – Manchmal meine ich ... ob Herr Suzuki ... die Kampfspuren, die die Polizei ... die ließen sich doch auch damit erklären, daß Herr Suzuki so eine Art von ... Amokanfall hatte – und es war doch ein Selbstmord!«

›Nein, mein Lieber, dachte ich, ›nicht Suzuki hat gemauschelt! Unser ehrenwerter Direktor Fujita fängt an, ILT systematisch auszuplündern.‹

Tron hatte mir geschildert, wie unspektakulär der Konkurs bei der Osloer Reederei begonnen hatte: Disketten verschwinden, Faxe werden fehlgeleitet, Gehälter zu spät überwiesen ...

Ich kommentierte Neumann-Lechners Spekulationen nicht, sondern wechselte das Thema. »Ganz etwas anderes. Ein Geschäftsmann hier in Århus, der ein größeres Seminar in Holland plant, fragte mich, ob wir ihm in der Nähe von Amsterdam einen Tagungsort beschaffen könnten. Darum soll sich doch bitte dieser Herr van Holt kümmern.«

»Herr van Holt wird frühestens im Sommer mit den Vorbereitungen fertig sein«, sagte Neumann-Lechner.

›Bis dahin‹, dachte ich, ›wird es vielleicht kein ILT mehr geben.‹

Livia hätte mir bestimmt mehr über Holden/Holt erzählen können, wenn sie intensiv in ihrem Gedächtnis gegraben hätte, aber sie war nicht da.

Die kurzen Grüße, die sie mir auf Band gesprochen hatte, kamen aus fast allen europäischen Hauptstädten. »Paris war anstrengend, morgen geht es weiter nach London.« So und ähnlich.

Ich begann mir langsam ein wenig Sorgen um sie zu machen. Wenn O. M. verkaufen wollte, könnte das eventuell mit den Kokubo-Interessen kollidieren.

Ich hinterließ Livia eine vorsichtige Warnung in ihrer Handy-Mailbox und ging auf einen Snack ins *Café Jorden*. Kaum hatte ich meine Bestellung aufgegeben, als Alis quittengelber 95er vorbeirollte. Auf dem Beifahrersitz erkannte ich Edda Hansen.

Wenig später saß Ali an meinem Tisch.

»Wo ist Edda?« fragte ich.

»Sie war müde. Ich habe sie im Hotel abgesetzt.«

»Und wie lief es in Skive?«

»Alles in Butter«, sagte Ali. »Wir kriegen die Bungalows doch. – Hast du noch mal mit Esbeck geredet?«

»Nein.«

Er bestellte sich einen Rotwein. »Da sitzen wir ja nun schön in der Tinte. Sich mit den Yakuza anzulegen, ist nicht gerade lebensverlängernd, wie wir wissen.«

Ich nickte. »Ich muß gestehen, der Gedanke erheitert mich auch nicht unbedingt. Es gibt harmlosere Hobbys.«

»Also?«

Ali schaute in sein Glas. »Weißt du, Jost. Ich war heute noch mal mit Edda in dem Haus von Petra Rönneburg. Es kann nicht angehen, daß man diese Schweine schalten und walten läßt.«

»Nein«, sagte ich und dachte an das eingestürzte Fürstengrab, an Suzukis zerschmetterten Körper im Leichenschauhaus und an Professor Müller. Dann sah ich auch wieder den Lkw, wie er plötzlich vor mir nach rechts schwenkte.

Ich bestellte ebenfalls einen Burgunder. »Nein, Ali. Let's fight!«

»Tamam, dostum!« sagte Ali.

Wir stießen an.

Ich schloß die Wohnungstür hinter mir und sah den blinkenden Anrufbeantworter.

»Jost, mir reicht's! Ingvar hat im Büro eine Diskette entdeckt, mit der man unsere Software manipulieren kann, und prompt ist er gestern mit seiner Cessna vor Bergen abgestürzt. Ein Defekt in der Treibstoffleitung. Daß ich nicht lache!« – Ingvar war für die Buchführung von ILT-Oslo verantwortlich. – »Ich habe mit Hofmann und Esbeck geredet und heute bei ILT gekündigt. Catrine ist mit dem Kind schon in der Hütte ihrer Eltern am Norddalsfjord. Ich habe keine Lust zu warten, bis man uns eine Bombe unters Auto bastelt. Ich bleibe in Oslo, aber nicht in unserer Wohnung. Ein alter Schulfreund überläßt mir ein Zimmer. Jost, ich verspreche, daß ich alles dransetzen werde, Fujita und seine Clique zur Strecke zu bringen. Aber erst mußte ich Catrine und das Kind hier wegschaffen.« Dann hatte Tron mir seine neue Handynummer auf Band gesprochen.

Ich überlegte, ob ich noch in Norwegen anrufen sollte, als das Telefon klingelte.

»Jost?«

»Livia!«

»Stell dir vor, wir haben verkauft! An die kanadische Snowstar-Gruppe. Übermorgen bin ich wieder in Århus.«

Ich war derart perplex, ihre Stimme zu hören, daß ich nur blöde stammelte: »Ja, gratuliere!«

»Übermorgen, Jost, läuft für uns ein anderer Film. Wir haben das Optimum herausgedealt. Daddy kann sich seine Insel im Mittelmeer kaufen.«

»Und wir, Livia? Was wird aus uns?« Kaum hatte ich die Frage formuliert, hätte ich mir am liebsten auf die Zunge gebissen. Aber Livia war viel zu euphorisch, um meine pathetische Gefühlsduselei zur Kenntnis zu nehmen.

»Du kannst mich ja vom Flugplatz abholen. Ich komme mittags mit der Maschine aus Paris.«

»Ich werde da sein. Mein neuer Saab wird morgen geliefert.«

»Ah, es geht allgemein aufwärts. Gut, komm mit deinem Luxusrenner!« Sie lachte. »Und Daddy kann jetzt in Ruhe nach einem Inselchen im Mittelmeer suchen. Wir haben wirklich einen Supervertrag mit Snowstar abgeschlossen.«

»Was ist mit den Hokkei-Anteilen? Übernimmt der Käufer die?«

Plötzlich rauschte es in der Leitung, und die Verbindung brach ab. Funkloch. Ich wartete noch eine Weile – das Telefon blieb stumm – dann fiel ich buchstäblich ins Bett.

Ali weckte mich gegen zehn. »Na, Kollege, endlich ausgeschlafen?«

»Scheiße!«

»Mach langsam, mein Lieber, lehn dich zurück! Dein Freund war nicht untätig, während du im süßen Schlummer weiltest.«

Ich tastete nach meiner Armbanduhr. »Scheiße, ich hab total verpennt!«

Ali schnaufte genüßlich. »Es sei dir ausnahmsweise genehmigt. – Wirf mal einen Blick aus dem Fenster!«

Wolken, dick, schwer und grau wie Bleiplatten, entluden sich über den beschirmten Fußgängern, die über den Domplatz hasteten. Ich stand fröstelnd in Unterhose und T-Shirt neben dem Telefon. »Das ist wahrlich ein Tag, an dem Donald Duck nie das Bett verlassen würde.«

»Weil seine Neffen wieder einmal den Karren aus dem Dreck gezogen haben.«

»Sprich, oh, Tickali-Trickali-und-Trackali vom Fähnlein Fieselschweif!«

»Nun ja.« Ali schnaubte wohlig in den Hörer wie jemand, der im Lotto sechs Richtige gewonnen hatte. »Ein bißchen Gustav-Gans-mäßiges Glück war schon dabei, als ich plötzlich einen alten Kumpel von mir in Tirstrup an der Strippe hatte. – Wir teilten uns in Bodrum einmal eine Chinesin. – Egal, ich möchte nicht abschweifen. Jedenfalls hat mein Freund Zugang zu den Passagierlisten der letzten zwei Wochen.«

Ich war augenblicklich hellwach. »Schieß los!«

»Fujita ist in Berlin gewesen, als Suzuki ermordet wurde. Er kam vormittags um zehn in Tegel mit der Air France aus Paris. Rate mal, wer mit ihm eingeflogen ist.«

»Van Holt?«

»Van Holt! Aber es geht noch weiter mit den Überraschungen.«

»Ich muß passen, Ali.«

»Du würdest auch nie darauf kommen. – Mustafa Almür!«

Ich hielt den Atem an. Mustafa? Magnussens Dolmetscher? – Du spinnst, Ali!«

»Habe ich mir auch gesagt, als ich den Namen las. Der Datenschutzbeauftragte der Air France würde meinen Freund eigenhändig vors Tribunal zerren, wenn er wüßte, daß ich sogar die Sitzordnung in der Maschine rekonstruieren kann. Mustafa saß direkt hinter van Holt und Fujita. Neben ihm ein gewisser Aras Yilmaz, der am Vortag von Århus über Kopenhagen nach Paris geflogen war.«

Ich ging mit dem Telefon zur Couch und setzte mich auf die

Armlehne. Auf dem Domplatz entlud ein Lastwagen Verkaufsstände. »Mustafa Almür! – Hast du herausbekommen, ob er auch aus Dänemark angereist ist?«

»Ah«, sagte Ali. »Herr von Warberg wird langsam munter! – Ja, er kam mit dem gleichen Flug wie Aras Yilmaz.«

»Du hast Mustafa schon in Kaş nicht gerade in dein Herz geschlossen.«

»Mustafa ist ein arroganter Stinker«, sagte Ali. »Wenn er mit van Holt und Fujita in einem Flugzeug sitzt, darf man getrost eins und eins zusammenzählen. Ich habe natürlich gleich bei Ünal in Kaş angerufen. – Er hatte ja von Anfang an keinen positiven Eindruck von Mustafa.«

»Was sagt er?«

»Er traut ihm durchaus zu, daß van Holt und Mustafa sich abgesprochen hatten, um Magnussen den Ranken-Kelim anzudrehen.«

»Aber ohne Erfolg!«

»Ich weiß«, sagte Ali. Sein Tonfall wurde ernst. Sehr ernst. »Jost, um wieviel Uhr genau ist Suzuki ermordet worden?«

»Zwischen fünf und sechs. Um vier hab ich noch mit ihm gesprochen und bin dann zum *Adlon* gelaufen. Neumann-Lechner und Frau Hellinger haben das Büro kurz vor fünf verlassen.«

»Es könnte hinkommen«, murmelte Ali.

»*Was* könnte hinkommen?«

»Mustafa, dieser Yilmaz und van Holt haben Berlin mit dem KLM-Linienflug um neunzehn Uhr in Richtung Kopenhagen verlassen.

»Und Fujita?«

»Er flog um zwanzig Uhr nach Paris zurück.«

Auf dem Domplatz baute man Holzbuden für den Flohmarkt auf, den die Dompfarrei einmal im Monat veranstaltete. Ein Transparent *Hilfe für Algerien* wurde entrollt.

»Jost, was ist?«

Was war? Sprachlos war ich. Sprachlos und unfähig, einen klaren Gedanken zu fassen.

Eine Gruppe von Mädchen und Jungen schwärmte aus und verteilte Handzettel an die Passanten. Zwei Polizistinnen nahmen auch welche.

»Jost!«

Ich riß mich zusammen. »Das ist ein ziemlich unverdauliches Bündel an Neuigkeiten, das du mir auf nüchternen Magen servierst, mein Guter! Ich bin in zehn Minuten im *Café Jorden*.«

Ich beließ es bei einer Katzenwäsche und einer Schnellrasur.

Ali rührte in einem Milchkaffee, dann teilte er ein Croissant mit dem Messer in zwei gleichgroße Hälften und deutete auf einen Stapel Computerausdrucke.

Ich bestellte ein kleines Frühstück und begann zu blättern. Ali hatte die betreffenden Zeilen in den Passagierlisten mit Textmarker gekennzeichnet. Mein Frühstück wurde gebracht. Wortlos legte ich den Papierstoß auf einen freien Stuhl.

Ali stippte ein Croissantteil in die Tasse. »Mich würde brennend interessieren, wer Aras Yilmaz ist.« Der Blätterteig saugte sich schnell voll. Ein Stück plumpste in den Kaffee, ein Stück wanderte in Alis Mund.

»Mich auch. – Yilmaz, das ist doch ein türkischer Allerweltsname wie Müller oder Meier?«

Ali nickte und fischte mit dem Löffel nach dem Croissantteil.

»Ich habe meinen Freund auf dem Flughafen angefleht, die letzten sechs Monate nach Yilmaz abzufragen. Es ist für ihn aber unmöglich, Daten einzusehen, die älter als zwei Wochen sind. Allerhöchstens kann er sich vorstellen, an die Passagierlisten zu gelangen, die ausschließlich Tirstrup Air Port betreffen. – Lassen wir uns überraschen!«

Ich belegte mir ein Brötchen mit Wurst. »Livia rief mich gestern noch an. O. M. hat seine diversen Unternehmen verkaufen können.«

Alis Stirn legte sich in Falten. »Hoffentlich nicht an Hokkei!«

»Nein, an die kanadische Snowstar-Gruppe. – Livia ist morgen wieder in Århus.«

»Von wo aus hat sie mit dir gesprochen? – Nicht zufällig aus Paris?«

»Doch, aus Paris. Warum? Du fragst so komisch.«

»Schau mal in die unterste Liste! – Für Magnussen liegt für heute nachmittag eine Reservierung bei der KLM vor: Paris–Kopenhagen–Århus.«

»Moment!« Ich legte mein Brötchen auf den Teller zurück.

Ali wendete den Papierstapel für mich. »Hier!«

Olaf Magnussen stand an dritter Stelle.

Ich starrte meinen Freund an und griff in die Jackettasche.

»Wen willst du anrufen?«

»Esbeck. Für meinen Geschmack ist in letzter Zeit das Wort *Paris* viel zu oft aufgetaucht. Vielleicht weiß er, was Fujita dort getrieben hat.«

Die Tokioer Nummer hatte ich im Handy gespeichert.

Das Gespräch mit Esbeck dauerte fast eine Viertelstunde. Ich erzählte ihm von Fujitas Paris-Aufenthalt und von Magnussens Deal mit Snowstar. Dann redete er.

Als ich mein Handy wieder in die Jackettasche schob, sagte Ali: »Du bist kreidebleich, Jost!«

»Das ist auch kein Wunder. Snowstar ist eine kanadische Tochtergesellschaft von Kokubo.«

20 Wiedersehen mit Livia

Das Frühlingswetter hatte Jütland erreicht. Ich parkte den neuen 95 er vor der Ankunftshalle und ließ meinen Burberry im Wagen. Die Menschen, denen ich begegnete, waren wie verwandelt. Sie hatten ihre Winterkleidung in den Schrank verbannt und lächelten alle. Es wirkte ansteckend. Ich kaufte eine Zeitung: Die Verkäuferin bediente mich wie einen Märchenprinzen. Ich trank einen Kaffee: Der dunkelhäutige Kellner servierte ihn mir wie den teuersten Champagner. Selbst die Lautsprecherstimme, die Livias Maschine ankündigte, klang nach Frühling.

Sie wirkte übermüdet, als sie durch die Sperre trat. In der Hand hielt sie einen flachen Aktenkoffer.

»Livia!«

Sie stellte den Koffer auf den Boden, und wir umarmten uns.

»Geschafft, Jost!«

Sie sah aus, als ob sie seit achtundvierzig Stunden ununterbrochen auf den Beinen gewesen wäre, aber ihre Augen hatten den vertrauten Glanz.

Ich nahm ihr den Koffer ab. »Ich muß heute nicht mehr zu ILT.«

Sie gab mir einen Kuß auf die Wange. »Ich fürchte, mein armer Jost, mein Arbeitstag ist noch lange nicht zu Ende. Ich habe einen wichtigen Termin bei unseren Anwälten, und dann treffe ich mich mit unserem Steuerberater.« Sie seufzte. »Aber dann, Jost . . .«

Ich war nicht gerade übermäßig begeistert von der Aussicht, sie gleich wieder entschwinden zu sehen, und sie merkte es mir an.

Livia legte sanft die Hand auf meine Schulter, so wie man

seinen schmollenden kleinen Bruder tröstet. »Gib mir bitte zwei, drei Tage, bis ich den ganzen Bürokratiewust durchgestanden habe.«

Wir gingen zum Wagen. Was sollte ich tun? Ich fügte mich dem Schicksal und chauffierte sie zur Anwaltskanzlei. Bevor sie ausstieg, sagte ich: »Livia, weißt du, daß Snowstar ein Ableger desselben japanischen Konzerns ist, der auch Hokkei besitzt?«

»Ja, selbstverständlich! Deswegen gab es auch keine Probleme wegen der Fremdbeteiligung an unseren Firmen.«

Ich zögerte, bevor ich es aussprach: »Und daß Kokubo eine Art von Geldwaschfirma der Yakuza sein soll?«

Sie schaute mich an, als hätte ich einen schlechten Witz gerissen. Dann lächelte sie. »Ach, Jost! Ich möchte zu gerne wissen, wer dir ständig diesen Unsinn einredet. Wir haben uns natürlich auch kundig gemacht. Kokubo ist ein alter, solider Konzern mit phänomenalen Umsätzen weltweit, Tendenz stetig steigend. Und Snowstar hat uns das Doppelte von dem geboten, was die anderen Interessenten zu zahlen bereit gewesen wären. – Selbst Daddy hat keine Sekunde gezögert, als das endgültige Angebot auf dem Tisch lag.«

Ich schwieg. Es wird sich wohl kaum um *peanuts* gehandelt haben. Ich kannte das Landhaus am Limfjord, ich kannte den Häuserblock von O. M. im Zentrum von Århus, seine Villa, die dunkelgrünen Frachtschiffe mit dem goldenen O. M.-Emblem, vergaß auch die Kelimsammlung nicht und die Fischzuchtfarm. Wenn O. M. sein O. k. gegeben hatte, mußte es sich um einen Millionendeal handeln.

Ich verzichtete darauf, Livia nach der Summe zu fragen, die Snowstar auf das Magnussensche Konto überweisen würde. O. M. und seine Tochter hatten eh andere Vorstellungen von viel und wenig als ich, der auch nicht gerade am Hungertuch nagte.

Die Anwaltskanzlei war eine Villa in der Nähe des Yachthafens. Ein breiter Kiesweg führte zu einer imposanten Freitreppe. Als ich behutsam bremste, öffnete sich die Haustür, und ein ältlicher Butler eilte die Marmorstufen herunter, als wäre er einem Edgar-Wallace-Roman entsprungen.

»Danke!« Livia hauchte mir einen Kuß auf die Lippen. »Ich melde mich, sobald alles über die Bühne gegangen ist.«

Auf der Treppe drehte sie sich noch einmal um und winkte. Der Butler trug ihren Aktenkoffer.

Ich betätigte die Lichthupe, ging mit dem Fuß von der Bremse und rollte los. Irgendwie hatte ich das Gefühl, in einem Film zu sein, den ich nicht mehr richtig verstand.

Zwei, drei Tage, hatte sie gesagt. Aus drei wurden vier, aus vier wurden fünf, und täglich verkündete mir der Anrufbeantworter Nachrichten, die mich vertrösteten. Mit der Zeit bekam ich einen ziemlichen Groll auf Fräulein Magnussen. Ich hatte genug von den Hinhaltespielchen und fühlte mich wie ein gutmütiger Trottel, mit dem man es ja machen konnte. Ali, der meine mürrische Laune erdulden mußte, fragte schon gar nicht mehr nach Livia.

Ich glaube, ich überlegte gerade, ob ich ihr einen gepfefferten Brief schreiben sollte, als es plötzlich an meiner Wohnungstür schellte.

»Böse mit mir, Jost?«

Sehr sogar. Aber als sie mir um den Hals fiel, war es augenblicklich wieder um mich geschehen.

»Böse? Das ist gar kein Ausdruck, ich bin stinksauer!« grummelte ich wenig überzeugend, während ich sie fest an mich drückte.

Livia mimte auf zerknirscht wie ein kleines Mädchen, das einen dummen Streich gespielt hatte und sich jetzt schämte.

»Ich tu es auch nie wieder, Jost!« Sie hob die Hand zum Schwur und trat ein. »Großes, großes Ehrenwort!«

»Lenin hat gesagt: *Die Geschichte wird es beweisen,* oder so ähnlich.« Ich schloß die Tür.

Livia trug ein langes, kanariengelbes Wollkostüm und hochhackige Lackleder-Stiefeletten. Sie hängte die Jacke an die Flurgarderobe, warf ihre Handtasche im hohen Bogen auf einen Sessel und lachte. »Das einzige, was ich dir *auf der Stelle* beweisen kann, ist, daß ich Intellektuelle, die sich in jungen Jahren für stramme Kommunisten hielten, mit nur einem winzigen Hauch spätkapitalistischer Dekadenz vom weiteren Lenin-Zitieren abhalten werde!«

›Das hat man davon, wenn man zuviel über seine Studentenzeit plaudert!‹ schoß es mir durch den Kopf.

Livia streifte den Pullover über den Kopf. Der schwarze BH war wirklich bloß ein dekadenter Hauch von Seide. Sie genoß es, wie ich sie anschaute. Als sie den Rockverschluß aufhakte, und der Rock langsam zu Boden glitt, sah ich, daß sie Strapse trug, und dachte mit Sicherheit nicht mehr an Lenin-Zitate.

Livia hielt Wort. Wir trafen uns von nun an fast jeden Abend im *Café Jorden* auf einen Aperitif und gingen anschließend gemeinsam essen. Mal blieb sie dann über Nacht bei mir, mal schlief ich bei ihr. O. M. hatte die Immobilien nicht verkauft, nur seine Firmen. Das Thema Kokubo und Snowstar klammerten wir in unseren Gesprächen aus.

Bei ILT in Århus gab es reichlich zu tun. Ein geschäftlicher Kurztrip nach Marokko stand an. Neumann-Lechner hatte ihn mir mit dem Argument aufgehalst: »Sie waren doch schon einmal in Casablanca und kennen sich dort aus!«

Es würde eine Reise werden, wie ich sie über alle Maßen liebte. Erster Tag: Hinflug, eine Sechs-Stunden-Konferenz mit den wichtigsten Hoteliers, anschließend Diner und Besuch diverser Nachtbars, also kaum vor drei Uhr morgens im Bett. Zweiter Tag: nach dem Frühstück gleich wieder eine Marathon-Sitzung und nachmittags Rückflug. Am späten Abend würde ich dann vermutlich völlig ausgelaugt in Tirstrup eintreffen. – Warum mußte es ausgerechnet wieder mich treffen?

Die Planung für Edda Hansens Tour verschlang viel Zeit und Energie. Ali erwies sich für Edda rund um die Uhr in jeglicher Hinsicht als ein treusorgender Kollege.

»Jemand muß dem jungen Ding einfach väterlich zur Seite stehen. Es ist schließlich ihre erste Gruppenreise, und sie nimmt meines Erachtens die Sache viel zu ernst. Da wirkt Sex streßabsorbierend, mein lieber Jost, das ist bekannt! Schau dich an: Du hast kaum mehr Sorgenfalten, du ißt wieder vernünftig und knurrst mich morgens nicht an, wenn du ins Büro kommst.«

»Dafür hast du ständig schwarze Augenringe und tauchst regelmäßig zu spät hier auf!«

»Weil ich mich für ILT aufopfere, Herr von Warberg! Aber Edda macht das schließlich wieder für mich wett. Falls du es noch nicht bemerkt haben solltest: Sie ist jeden Tag sogar noch vor dir in der Firma! – Aber weißt du, warum ich den Tag gemächlicher als sonst angehen muß? Weil sie morgens einen Bärenhunger hat und ich ihr schon um sieben Uhr ein Fünf-Sterne-Frühstück ans Bett bringe.«

Er schaute mich treuherzig an. »Jost, glaube mir, die Zubereitung des Frühstücks ist ungemein aufwendig und erschöpft mich derart, daß ich mich immer noch ein Stündchen hinlege, nachdem sie aus dem Haus ist.«

Ich lachte. »Zwanzig Jahre Altersunterschied machen sich eben doch bemerkbar!«

Ali seufzte. »Wohl wahr, wohl wahr!«

Sein Freund in Tirstrup hatte zwischenzeitlich wegen Aras Yilmaz nichts erreicht. Er mußte erst auf einen Kollegen warten, der noch im Urlaub war und der den Code für die Passagierlistendatenbänke kannte.

Einmal rief mich Klaus Esbeck an.

Snowstar hatte nicht nur Magnussens Firmen gekauft, sondern auch noch eine Küstenreederei in der Türkei und eine Konservenfabrik in Griechenland, während Kokubo selbst begann, seine europäischen Anteile – bis auf die bei ILT – wieder zu veräußern und das Geld über die Schweiz nach Südamerika zu transferieren. Nach Esbecks Meinung hing das mit dem zunehmenden Druck der japanischen Justiz auf Yakuza-Scheinfirmen zusammen.

»Sie ahnen, was diese Aktionen bewirken sollen, Herr von Warberg?«

Ich ahnte es. Kokubos Kapitalströme würden in Zukunft kaum mehr zu verfolgen sein.

Van Holt war weder in Kaş noch in Berlin, noch sonstwo aufgetaucht. Esbeck vermutete ihn in Südamerika.

Fujita hielt sich in Berlin auf, überließ aber die Geschäftsführung weitgehend Neumann-Lechner. Die dänische und die deutsche Polizei tappten weiterhin im dunkeln.

»Von wegen, *crime doesn't pay*!« Ali las mir die Schlagzeile auf der Wirtschaftsseite der *FAZ* vor: »›Wer räumte die Millionen von den Konten der Wiking-Reederei in Oslo?‹«

»Wir wissen es«, sagte ich. »Tron weiß es, Esbeck und Hofmann wissen es, viele wissen es – aber handfeste juristische Beweise kann offenbar bislang niemand präsentieren.«

Ali knülllte die Zeitung zusammen und beförderte sie in den Papierkorb. Sein Telefon klingelte. Edda war am Apparat.

Ich beantwortete ein paar Geschäftsbriefe, Ali telefonierte. Dann stand er auf und begann im Zimmer auf und ab zu wandern.

»Ist was, Ali?«

Er blieb stehen und stützte sich mit den Händen auf meine Schreibtischplatte. »Jost, ich will mal zwei, drei Tage raus aus Århus. Ich dachte, Edda und ich können das Angenehme mit dem Nützlichen verbinden.«

»Wie immer«, unterbrach ich ihn grinsend.

»Danke, mein Freund! Aber laß mich doch bitte erst ausreden. – Edda muß sich mit dem Grabungsteam der Universität am Limfjord treffen. Da böte es sich doch an, in der Ferienhaussiedlung quasi Probe zu wohnen.«

»Von mir aus, macht, was ihr wollt. – Wann wollt ihr fahren?« Ich schlug meinen Timer auf.

Ali blickte mir über die Schulter. »Am liebsten wäre mir der Donnerstag in der Woche, wenn du in Marokko bist. Wir hätten dann ein richtiges verlängertes Wochenende.«

Als ich Livia von meiner Geschäftsreise nach Casablanca erzählte, saßen wir in der Sushi-Bar.

»Ich hoffe bloß, der Trip überschneidet sich nicht mit meiner Party.«

»Party? Gibt es einen besonderen Anlaß?«

»Nein, aber einmal im Jahr lade ich alle Freunde zu einem Fest ins Landhaus ein. Anschließend werde ich übrigens meine Mutter besuchen. Sie feiert ihren sechzigsten Geburtstag auf Hawaii.«

»Bleibst du länger in den Staaten?«

»Höchstens vierzehn Tage.«

»Und wann genau soll die Party sein?«

Livias Limfjord-Party war für den Samstag nach meiner Rückkehr aus Marokko geplant. Es war auch das Wochenende, das Edda und Ali in der Ferienhaussiedlung verbringen würden.

Tirstrup – Kopenhagen – Paris – Casablanca. Casablanca – Barcelona – Kopenhagen – Tirstrup.

Alles kam, wie ich es vorausgesehen hatte: Ich schlief kaum, trank viel und stieg absolut erholungsreif aus dem Flugzeug. Meinen Wagen hatte ich am Flugplatz geparkt. Ich fuhr zu mir nach Hause und fiel ins Bett.

Der nächste Tag war der Freitag vor der Party. Ich schlief lange aus, fühlte mich endlich wieder halbwegs wie ein Mensch, packte und schaute gegen mittag bei ILT vorbei. Nur Amelung, unser PR-Mann, hielt dort noch die Stellung.

»Alle ausgeflogen«, sagte er. »Ich bin auch gleich weg. – Ach so, da war doch noch was? Richtig! Das Handy von Herrn Ökan ist defekt. Wenn Sie ihn am Limfjord erreichen wollen, geht das nur über das Festnetz.«

Ich notierte mir Alis Telefonnummer in der Ferienhaussiedlung auf einem Zettel und warf einen Blick auf meine Post. Es war nichts darunter, das nicht bis zum Montag warten konnte.

Ich tankte und machte mich auf den Weg. Auf halber Strecke nach Skive wollte ich Livia anrufen und stellte fest, daß ich das Handy im Büro vergessen hatte. Ich durchwühlte die Reisetasche nach dem Timer. Dann erinnerte ich mich, daß er zu Hause in meiner Schreibtischschublade lag.

An einer Raststätte ließ ich mir Livias Nummer von der Telefonauskunft geben.

»Wo steckst du?«

Ich sagte es ihr. Im Hintergrund hörte ich Stimmen.

»Sind schon Gäste da?«

»Nur der Nachbar und seine Frau. – Jost?«

»Ja?«

Sie sprach leiser. »Bis du hier bist, sind sie wieder gegangen. Ich möchte den Abend vor der Party ganz alleine mit dir verbringen.«

Als ich den Saab neben Livias Landrover abstellte, war es noch hell. Die Haustür stand offen. In der Küche hantierte jemand. Im Salon war für zwei Personen gedeckt. Ich rief ihren Namen.

»In der Küche, Jost!«

Sie war dabei, eine Lammkeule zu tranchieren.

»Erst essen, dann grabbeln!«

Ich gehorchte erst nach etlichen Rückfällen.

»Mach schon mal den Wein auf!«

»Welchen?« Die Auswahl war reichlich. Ich fing mit einem 89er roten Rioja an.

Es gab Lammkeule mit Backkartoffeln und kleinen Kenia-Bohnen.

»So, jetzt darfst du!« Wir nahmen einen Burgunder, Jahrgang 83 mit ins Schlafzimmer.

Livia liebte mich an diesem Abend mit einer Heftigkeit, als würde sie für ewig in Hawaii bleiben. Irgendwann, weit nach Mitternacht (und einem ausgezeichneten Bordeaux) kringelte sie sich wie ein zufriedenes Kätzchen und schlief ein. Ich lauschte noch lange, wie sie ruhig und tief atmete und sich ab und zu im Schlaf bewegte.

Es fehlten noch ein paar Tage bis Vollmond. Vom Bett aus konnte ich den Limfjord sehen. Über die Wasserfläche glitten Nebelschwaden. Ich begann zu träumen.

21 Die Party

Als ich aufwachte, hatte Livia bereits Lieferanten empfangen und überwachte das Arrangement der Speisen im Salon. Vier Kellner und drei Serviermädchen würden sich um den Service kümmern.

»Kann ich dir helfen?«

»Mein lieber Jost, du stehst hier nur im Weg. In der Küche gibt es Frühstück und Morgenzeitungen.«

Ich fügte mich ohne Protest.

Ein grüner Kleinlastwagen stellte sich vor Livias Landrover. Zwei Arbeiter in Kittelschürzen wuchteten eine Edelstahlkühlbox von der offenen Ladefläche und trugen sie in die Diele. Sie sprachen Türkisch. Livia brachte ihnen Kaffee. »Es sind Arbeiter von der Fischfarm«, erklärte sie mir. »Der Kühlschrank in der Küche ist zu klein für die Getränke.«

Im Laufe des Vormittags trafen die ersten Gäste ein. Livias Freunde reisten, den Autonummern nach zu urteilen, aus allen Teilen Dänemarks an. Bald war der Zufahrtsweg vom Haus bis zur Landstraße hin zugeparkt. Mein Saab stand eingekeilt zwischen einem Volvo und einem Lancia vor der Haustür.

Livias Flug ging um ein Uhr früh ab Ålborg. Um zwanzig Uhr sollten die Partygäste vom Landhaus in eine Disko nach Skive umziehen. Eine Freundin würde Livia dann zum Flughafen fahren.

»Das kann ich doch auch machen!«

»Willst du die ganze Zeit bloß Mineralwasser trinken? Ich gebe dir nachher die Schlüssel. Wirf sie morgen einfach bei den Nachbarn durch!«

Sie hatte recht. Ich entdeckte Jan Mølgaard vom Modtryk-Verlag. Er inspizierte die Bücherregale. Auf der Verlagsfeier vor ein paar Wochen in Århus hatten wir uns angeregt über die Romane von Lawrence Durrell unterhalten und dabei eine halbe Flasche Malzwhisky geleert. Es sah nach einem alkoholreichen Tag aus. Das Telefon stand in der Diele. Ich rief Ali an.

Er hatte nicht vor, mit Edda auf die Party zu kommen. »Wir waren den ganzen Tag an der frischen Luft – Edda hat viel fotografiert – und genießen die Ruhe und uns, lieber Jost.«

Jan Mølgaard schlenderte auf mich zu. Er hielt ein Champagnerglas in der einen und ein Buch in der anderen Hand.

»Kennen Sie die Gedichte von Gary Snyders?«

»Dem Beatpoeten?«

»Ja.«

Mølgaard schaute in die Runde. Überall hatten sich Gruppen gebildet. Neben uns unterhielten sich drei Frauen über die Vorzüge von italienischen Maßschuhen.

Mit einem ironischen Lächeln auf den Lippen sagte Mølgaard: »Snyders Gedichte handeln von Meditation und Bergeseinsamkeit. Sein Vorbild ist ein Tang-Zeit-Poet, Han Shan, der Mann vom Kalten Berg. Snyders und Han Shan haben eines gemeinsam: Sie meiden, wo sie nur können, die Welt des Glitzerns und der Reichen.« Er stellte sein leeres Glas ab und trat zur Seite.

Wir machten einer Frau Platz, die sich mit ihrem Begleiter zum Bufett durchkämpfen wollte. Sie trug ein weißes Samtkleid, das über und über mit rubinroten Steinen besetzt war. Ich kannte die Frau vom Sehen. Ihr gehörte eine Supermarktkette, und die Steine waren vermutlich echt. Ich grinste Mølgaard an. »Wie halten Sie es denn mit der Welt des schnöden Mammons?«

Er stoppte einen Kellner und nahm zwei volle Gläser vom Tablett. Wir prosteten uns zu.

Mølgaard seufzte. »Ich lebe immer noch wie ein Student. Mir ist Geld egal. Aber in einem Verlag gibt es Lektoren, Autoren, Buchhalter, Praktikanten und jemand muß saubermachen. Und diese Leute wollen auch leben. – Also versuchen wir Snyders Gedichte möglichst teuer zu verkaufen. So einfach ist das.«

Livia stieß zu uns. Sie sah den Snyders-Band. »Ah, das einfache Leben im Einklang mit dem Universum ist hier das Thema! – Jan, ich muß dir Jost für ein paar Minuten entführen! Ich möchte ihn einer alten Freundin vorstellen.«

Sie schleppte mich in das Zimmer neben dem Salon. Es war das Arbeitszimmer ihres Vaters. Etwa fünfzehn Personen befanden sich im Raum. Livias Freundin fand ich auf Anhieb unsympathisch. Sie war in einen violetten Sari gehüllt und redete bedeutungsschwülstig wie die Priesterinnen in *Die Nebel von Avalon*.

»Glauben Sie auch an die Kraft der *Mütter*? Livia erzählte mir, daß Sie länger auf Malta gelebt haben. – Die *Mütter*!«

Sie blickte verklärt wie die Erdmutter persönlich und besaß auch die passende Figur dazu. Ihre gigantischen Schenkel hätten die neolithischen Bildhauer begeistert.

»Mitten im Mittelmeer. Ganz Malta ist ein Ort geheimer Kräfte«, raunte sie mir zu. »Es gibt dort Erdhöhlen, in denen man den Puls des Universums spüren kann. Malta war die Insel der Frauen, das Eiland des Matriarchats. Nie fand man die Abbildung eines männlichen Körpers, sei es in Ton, sei es in Stein.« Sie flüsterte: »Wir haben bei Vollmond auf den Dingli-Klippen getrommelt, zehn Frauen, alles eingeweihte Schwestern, und die Erdmutter hat zu uns gesprochen!«

Mich ödete diese Walle-Walle-Mystik an, mit der sie mich traktierte. Außerdem hatte ich Schwierigkeiten, sie rein akustisch zu verstehen. Sie betonte ihre Worte, als wäre sie in Trance. Schon bevor ich mit Mølgaard geplaudert hatte, war ich dem Champagner nicht abhold gewesen. Jetzt hatte ich einen Schwips.

Als sie begann, mit einem Pendel vor meiner Stirn hin-

und herzuwedeln – »Der Stein ist ein Sodalith und fördert logisches Denken« –, riß mir der Geduldsfaden.

»Danke, daran hapert es bei mir nicht. Außerdem sind Sie, was Malta betrifft, nicht auf dem laufenden, Verehrteste! Die neuesten Ausgrabungen haben Erstaunliches ans Licht gefördert. Man hat kürzlich die Gatten der Erdmütter ausgebuddelt. Es war eine Sensation, kann ich Ihnen versichern: muskulöse Männer, überlebensgroß, mit Schwänzen wie Kanonenrohre. – Geben Sie mal ruhig dieses Gospel an Ihre Trommelschwestern weiter.«

»Das müssen Fälschungen sein!« keifte sie.

»Keineswegs. Die Radium-Carbon-Methode ist recht zuverlässig.«

»Sie . . . Sie . . . Ihnen ist nicht zu helfen! – Livia, ich möchte seine negative Aura nicht mehr in meiner Nähe wissen! Der gehört dringend in eine Therapie.« Sie wabbelte von dannen.

»Vorsicht, stolpern Sie nicht über die Wasseradern in der Diele!« rief ich ihr nach.

»Du bist aber bissig«, sagte Livia vorwurfsvoll.

»Die hat doch echt 'n Rad ab, diese Trulla!«

Livia sagte nichts mehr und widmete sich anderen Gästen.

Mølgaard hatte die Szene beobachtet und brachte zwei Gläser mit Whisky. »Sie Ignorant, Sie glauben nicht an die heilende Kraft der Steine!«

»Blöde Ziege!«

Die Supermarktkettenbesitzerin – sie wurde Brunni genannt – hatte hinter uns mehrere jüngere Verehrer im Schlepptau. Sie schwankte leicht, und die Rubine funkelten. Alle ihre Satrapen lachten viel und eine Spur zu laut. Das Gespräch drehte sich um die besten Golfclubs in Australien, ein Thema, dem ich nicht besonders viel abgewinnen konnte.

Mølgaard und ich schauten uns vielsagend an und tranken noch einen doppelten Whisky. Brunni wankte auf uns zu.

»Ich denke, ich sollte jetzt einen kleinen Happen essen gehen«, sagte Mølgaard. Er verschwand schnell Richtung Salon. Ich hätte ihm sofort folgen müssen. – Zu spät. Auf einem Servierwagen stand eine Phalanx an Hochprozentigem. Ich goß mir nach.

»Spielen sie auch Golf?« Im Gegensatz zu der Pendel-Mutter artikulierte Brunni weitgehend verständlich, wenn auch etwas schrill.

Livia stand plötzlich neben mir. »Jost, darf ich dir Brunhild Srømstrøm vorstellen?«

»Sehr erfreut!« murmelte ich.

»Wir nennen sie alle Brunni.«

Brunni hatte eine Oberweite, die dem Umfang der Schenkel der Walle-Walle-Pendlerin entsprach. Sie verkörperte mit ihrem Superbusen mehr die indische Fruchtbarkeitsvariante. Ob die yajurvedischen Mediziner damals bereits die Kunst des Faceliftings gekannt hatten?

Brunnis Rubine blitzten. Ich griff erneut nach der Whiskyflasche.

»Spielt er nun Golf, Livia?«

»Nein, Madame«, sagte ich. »Wenn, spiele ich Yabyum.«

»Im Club?« Brunni verschluckte sich an ihrem Champagner und geriet ins Taumeln.

»Im Bett, Madame.«

Sie überlegte angestrengt. Dann sagte sie: »Livia, was ist Yabyum?«

Livia kicherte.

»Yabyum ist Meditation, Gnädigste, und mit viel Akrobatik verbunden«, sagte ich.

»Akrobatik im Bett, das verstehe ich noch. Aber Meditation?« Brunni krallte sich einen rothaarigen Jüngling aus ihrem Gefolge. »Herzchen, hast du schon mal Yabyum gespielt?«

Wir verdrückten uns kichernd. Ich wurde langsam ziemlich beschwipst.

Livia lotste mich zur Hausbar. Ein Kellner mixte Coctails. Sie schaute auf ihre Armbanduhr. Es war halb acht.

»Ich werde mich bald klammheimlich mit Astrid davonmachen. Sie wartet schon im Wagen. Wenn ich mich von allen hier verabschiede, dauert das bis morgen früh. Aber vorher soll uns Per noch einen seiner berühmten Coctails brauen. – Per?«

»Ja, bitte?«

»Mix uns mal auf die Schnelle zwei *Planters' Punch Special!*«

Myer's Rum, Zitronensaft, Zuckersirup, Angostura Bitters, Orangenscheiben und frische Minze wurden auf der Marmorplatte aufgereiht; ferner Cointreau, der eigentlich nicht hineingehörte, wohl aber für das Prädikat *Special* notwendig war.

Per machte sich ans Werk.

»Nimm nicht die normalen Gläser, Per! Ich hole größere aus der Küche.«

»Falls es dort noch Eiswürfel gibt, tun Sie bitte gleich drei oder vier in jedes Glas, ich habe bloß noch *crashed ice* zum Mixen.«

Livia verschwand und kam mit zwei geschliffenen Kristallgläsern zurück.

»Mir nur halbvoll!« sagte ich.

Wir stießen an.

»Cheers, Livia!«

»Cheers, Jost!« Ich nahm einen Schluck. *Planters' Punch*, ob *Special* oder normal, war nicht mein Fall. Den Rest ließ ich stehen und begleitete Livia vor die Tür.

Ich war wie Livia kein Freund von sentimentalen Abschiedsszenen.

»Bis bald!«

»Bis bald, grüß die Staaten!«

Wir küßten uns, dann schloß sie die Beifahrertür.

Der kleine grüne Lkw stand immer noch quer vor dem Geländewagen. Livias Freundin hatte ihre liebe Not auszuparken. Sie setzte zurück und fuhr über den Rasen.

Die Rücklichter wurden kleiner, ich ging zurück ins Haus. Die ersten Gäste suchten bereits ihre Mäntel und Jacken. Ich rempelte jemanden an. Es war Mølgaard.

»Gehen Sie auch noch in die Disko?«

»Bewahre! Ich werde gleich zurück nach Århus kutschiert und hoffe nur, mein Chauffeur ist einigermaßen nüchtern. Möchten Sie mit uns fahren?«

»Nein, danke! Ich übernachte hier.«

»Ach, da ist ja mein Fahrer! – Kennen Sie ihn eigentlich? Er dolmetscht für Magnussen!«

Und ob ich Mustafa Almür kannte! »Wo hatten Sie sich denn versteckt?«

»Ich bin schon vor einer Stunde gekommen«, sagte Mustafa. »Aber in diesem Gewühl . . .«

Ein Kellner bot Rotwein an. Mustafa fragte nach Orangensaft, was Mølgaard merklich beruhigte.

Ich verzichtete auf Wein. Ich hatte ohnehin zuviel durcheinander getrunken. Außerdem spürte ich, wie der Schluck *Planters' Punch Special* mir unangenehm in den Kopf stieg.

Ich war nicht der einzige, dem die Glieder schwerer wurden. In der Salonnische hatte sich Mølgaard mehrere kleine Kelims zu einer Rückenstütze aufgestapelt.

Ich hockte mich neben ihn. »Han Shan hat zweifelsfrei recht: gar anstrengend und der Muße unförderlich ist die Welt des roten Staubes! – So nannten doch die alten Chinesen das verwerfliche weltliche Leben?«

Mølgaard nickte. »Besonders, wenn man von sechs Uhr früh an auf den Beinen ist und noch nach Århus heimschaukeln muß.«

Ich legte mich auf die Seite. Mehr und mehr Leute brachen auf.

»Wollen wir?« Mustafa wedelte mit einem Autoschlüssel. »Ich fahre den roten Daimler.«

»Ja«, sagte Mølgaard und erhob sich problemlos. »Sofort, Herr Almür!«

Ich brauchte zwei Anläufe, bis ich stand. ›Idiot‹, dachte ich, ›der verdammte Cocktail hat dir den Rest gegeben!‹

»Man sieht sich, Herr von Warberg!« Mustafa winkte mir zu und verließ den Salon.

Mølgaard gab mir die Hand. »Besuchen Sie mich doch mal im Verlag. Es war wieder ein Vergnügen, mit Ihnen zu reden!«

»Ganz meinerseits! Ich komme bestimmt!«

»Sie sind wirklich jederzeit willkommen!« Er folgte Mustafa.

›*Planters' Punch?* – Scheißgebräu!‹ dachte ich. Schwindlig war mir auch. ›Ein Schluck von dem Zeug, und mein Magen rebelliert.‹

Ich setzte mich wieder. Dabei stützte ich mich auf den Kelimstapel. Der oberste Teppich rutschte weg. Ein stilisiertes Weinblatt wurde sichtbar. Ich glaubte, meinen Augen nicht zu trauen, zog den Kelim aus dem Stapel und entfaltete ihn.

Es war der Rankenkelim, den mir Magnussen im Februar im *Sunrise* gezeigt hatte – O. M. hatte ihn also doch van Holt abgekauft!

Die meisten Gäste waren jetzt im Aufbruch und drängelten sich in der Diele vor den Garderobenständern. Ich hatte den Zettel mit Alis Nummer in meiner Hosentasche und benutzte das Telefon in Livias Schlafzimmer.

»Ali?«

»Ja.«

»Bitte komm her, so schnell du kannst, van Holts Kelim liegt bei Magnussen im Salon! Bring eine Kamera mit!«

»Gemach, gemach, Jost, und vielleicht könntest du auch

aufhören ins Telefon zu brüllen! – Wovon sprichst du eigentlich?«

Ich dämpfte meine Stimme. »Der Teppich, den van holt Livias Vater in Kaş gezeigt hat, ist hier im Landhaus!«

»Bist du dir da wirklich sicher?«

»Absolut. Es ist garantiert der Kelim aus dem Konyaer Museum. Farbe, Größe, alles stimmt.«

»Was sagt Livia dazu?«

»Sie ist schon unterwegs nach Ålborg.«

»Jetzt versteh ich tatsächlich deine Aufregung. – Ich bin in circa einer halben Stunde da.«

»Wieso dauert das so lange? Es sind doch höchstens zehn Minuten von euch aus.«

»Mit dem Auto schon. Aber Edda ist zum Supermarkt nach Skive gefahren. Ich komme mit dem Fahrrad.«

»Vergiß die Kamera nicht!«

»Keine Sorge!«

Ich legte auf.

Im Salon saßen noch ein paar Leute. Ich trank ein Mineralwasser und zwang mich, meine Gedanken zu konzentrieren. Es wollte nicht gelingen. In meinem Kopf begann sich wieder alles zu drehen.

›Nimm dich zusammen, Jost‹, sagte ich mir, ›mach einen kleinen Spaziergang, geh raus an die frische Luft!‹

Mit dem Gefühl von Pudding in den Beinen trat ich vor die Haustür und zwang mich vergeblich, nicht zu taumeln.

Es parkten nur noch wenige Autos auf dem Zufahrtsweg. Der grüne Klein-Lkw war auch noch da. Hinter mir wurde ein Motor angelassen, und Scheinwerfer strahlten den Lastwagen an. Die zwei Arbeiter von der Fischfarm sicherten die Kühlbox mit Transportbändern auf der Ladefläche. Ein dritter, hagerer Mann stand neben der Fahrerkabine und gab ihnen auf türkisch Anweisungen. Er kam mir irgendwie bekannt vor. Aber dann erfaßte der Scheinwerferkegel für einen Moment einen weißen, schwankenden BMW. Ich sah Brunnis Kopf und einen roten Haarschopf. Die Köpfe bewegten sich ruckhaft. Brunni hatte jemanden gefunden, der mit ihr Yabyum spielte.

Ein weiterer Wagen parkte aus. Ich torkelte zur Seite. Mir wurde speiübel, und ich erbrach mich mehrmals. Danach ging es mir besser.

Ich atmete tief durch und hatte das Bedürfnis, mich zu bewegen. Direkt hinter dem Tannenwäldchen lag ein Fischzuchtbecken. Eine kurze, betonierte Rampe führte hinunter zur Wasseroberfläche. Wieder begann sich alles in meinem Kopf zu drehen. Ich stützte mich gegen einen Eisenpfahl. Der Beton war glitschig, aber Betrunkene sollen ja zuweilen Schutzengel besitzen.

Plötzlich hörte ich ein Geräusch und spürte zwei Hände auf meiner Schulter. Dann erhielt ich einen heftigen Stoß. Ich umklammerte instinktiv mit beiden Händen den Pfahl.

Ein Schatten schoß an mir vorbei und platschte ins Bassin.

Daß Ali mich ins nächste Dorf gefahren und daß mich der Rettungshubschrauber dann zum Århuser Tropeninstitut geflogen hat, an all das kann ich mich nicht erinnern.

Als ich aus dem Koma erwachte, saß Tron an meinem Bett. Ich wollte etwas sagen, vermochte aber bloß leise zu lallen. Dann versagte mir die Stimme total.

Tron legte mir die Hand auf die Schulter. »Keine Panik, Jost, du bist über den Berg!«

Erst da habe ich gemerkt, daß ich noch nicht einmal in der Lage war zu nicken.

Tron streichelte mich. »Bitte, glaub mir, alles wird gut! Die Ärzte meinen, du hättest dir in Marokko eine seltene Art von Lebensmittelvergiftung eingehandelt, die zeitweilig die Muskulatur lähmt. Es wird ein paar Tage dauern, bis du wieder reden und dich normal bewegen kannst.«

Lebensmittelvergiftung? Absurd!

Tron erriet meine Gedanken. »Sei unbesorgt! Jemand wird ständig hier bei dir sein. Wenn nicht ich, dann Ali.«

Meine Genesung verlief schleichend, aber zwei Tage später sprach ich Ali schon ins Diktiergerät. Als sein Informant vom Tirstrup Airport uns endlich die Passagierlisten zur Auswertung beschaffte, arrangierte Ali umgehend meine Verlegung nach Berlin in die Wannsee-Klinik. Tron und Ali konnten mich einfach nicht permanent rund um die Uhr bewachen.

Die bisherigen Anstrengungen, mich aus dem Weg zu schaffen, waren gescheitert. Esbecks Telefonnummer in meinem Timer garantierte mir einen weiteren Versuch.

Ali begleitete mich im Krankentransporter nach Berlin, Tron flog am gleichen Tag nach Oslo zurück.

In *Haus Havelblick* schüttelte Professor Schröter nur mit dem Kopf, als er meine Krankengeschichte las. »Sie haben sich nicht in Marokko, sondern in Dänemark vergiftet, Herr von Warberg. Botulismutypische Lähmungen beginnen bereits Minuten nach der Infektion.«

Ich war nicht sonderlich überrascht, das zu erfahren.

22 Haus Havelblick II

Man hat sich wirklich alle Mühe gegeben, dich nach dem Motto ›doppelt hält besser‹ ins Jenseits zu befördern, mein Lieber. Wenn dein Exekutor auf der Betonrampe nicht ausgeglitten wäre, hättest du die Seewölfe gefüttert.«

Als ich den Schnellhefter mit Alis Notizen aus der Hand lege, wird es langsam hell. Noch immer schieben sich dicke, schwarze Wolkenbänke in Richtung Pfaueninsel, aber es regnet nicht mehr. Ich lösche die Nachttischlampe. Am gegenüberliegenden Ufer legt der kleine schnittige Kreuzer der Wasserschutzpolizei an. Ein Schwarm Wildenten fliegt tief über den Garten, und einer der Wachhunde bellt.

»Wir haben uns die Arbeit geteilt, Jost. Tron hat nach van Holt, Magnussen und Fujita in den Passagierlisten gesucht, ich habe mich um Mustafa und diesen Aras Yilmaz gekümmert.

Yilmaz hatte meistens in einem Reisebüro in Skive gebucht. Ich rief von ILT aus unter einem Vorwand dort an und ließ mir seine Telefonnummer geben. Es war die Nummer der Fischfarm. Noch ein Anruf bei Olaf Røddinge in der Ferienhaussiedlung, und ich erfuhr, daß ein Aras Yilmaz bei Magnussen als Vorarbeiter beschäftigt ist! Da haben bei mir alle Alarmglocken auf einmal geschrillt, wie du dir vorstellen kannst. Ich erinnerte mich, daß mir Frau Hellinger mehrere Fotos gezeigt hatte, die Petra Rönneburg wegen der Tour-Broschüre nach Berlin geschickt hatte. Auf einem Foto waren zwei von Magnussens Arbeitern mit auf dem Bild. Ich bat Frau Hellinger, mir das Foto zu vergrößern und in hoher Auflösung zu faxen. Ich hatte Glück. Zehn Minuten später lag es vor mir. Ich fuhr dann sofort zum Limfjord. Einer der Arbeiter war Yilmaz, Jost! Olaf Røddinge hat ihn sofort erkannt.

Yilmaz war auch in der Türkei, als man unseren Reisebus in Antalya präpariert hatte. Die Beschreibung, die Petra Rönneburg und Professor Müller der Polizei von dem Mann in der Tiefgarage gegeben haben, traf voll und ganz auf ihn zu.«

Auf dem Gang höre ich Stimmen. Sie berlinern. Es wird die Ablösung für die beiden Posten sein, die den Scheich im Nebenzimmer bewachen. Gestern haben sie sich stundenlang über Fußball unterhalten.

Yilmaz! – Ali hatte mir das Foto im Tropeninstitut auf die Bettdecke gelegt, und es ist mir wie Schuppen von den Augen gefallen. Yilmaz war der hagere Mann, der nach Livias Party das Verladen der Kühlbox überwacht hatte. Hatte er mich ins Zuchtbecken werfen wollen? Oder Mustafa? Aber hatte der nicht Mølgaard nach Århus gefahren? Immerhin war er im Landhaus gewesen und hätte Gelegenheit gehabt, mir die Bakterien zu verabreichen.

Mustafa, Yilmaz, Mustafa, Yilmaz. Wer? Beide? Hatten sie sich abgesprochen, wer welchen Part übernimmt? Mustafa das Gift, Yilmaz das Finish? Aber konnte denn Yilmaz wissen, daß ich zu dem Seewolfbecken gehen würde? Sollte er vielleicht nur beobachten, wie das Gift wirkte, und hat dann die günstige Situation auf der Betonrampe ausnutzen wollen? Wo steckt er jetzt überhaupt? Auf und davon wie van Holt? Wen kannte ich eigentlich von den Leuten auf der Party außer Mustafa und Mølgaard? Niemanden. Und es waren weit mehr als hundert Gäste.

Fragen ohne Ende. Yilmaz war jedenfalls auch der gutgekleidete Geschäftsmann, den ich zweimal in Berlin im Hasır gesehen hatte. Das erste Mal, als ich dort mit Tron und Professor Müller essen war, das zweite Mal, als ich Ali das Restaurant gezeigt hatte.

Daß weder Tron noch Ali sich an diese Begegnung erinnern können, ist verständlich. Aber Professor Müller hatte ihn erkannt. Es war sein Todesurteil. Dann tauchte Doktor Rönneburg auch noch am Limfjord auf und schoß das Foto. Yilmaz glaubte nicht mehr an einen Zufall und hat auch sie ermordet.

Der Wachhund hat sich beruhigt. Ein einsamer Kajakfahrer treibt Frühsport. Die Polizisten auf dem Gang unterhalten sich wieder über Fußball. Ich lege den Schnellhefter in die Nachttischschublade und starre an die Decke.

»Es ist wie ein großes Puzzle, das sich Stück für Stück zusammensetzt, Jost. Nachdem Tron und ich unsere Daten verglichen hatten, telefonierten wir sofort mit Esbeck. Ich will nicht behaupten, daß wir alle offenen Fragen beantworten können, aber wir sind jetzt ein gutes Stück weiter. Seine jüngsten Recherchen haben ergeben, daß Kokubo nicht nur durch die Firmenaufkäufe eine große Geldwaschaktion gestartet hat, sondern parallel dazu auch ein Verteilersystem für harte Drogen aufbaut – und zwar in gigantischem Maßstab. Das würde auch erklären, weshalb Kokubo bei uns eingestiegen ist, weshalb Reedereien aufgekauft wurden und letztlich Firmen, die mit Im- und Export zu tun haben. Ein Touristikunternehmen wie ILT ist geradezu ideal, um neue Transportrouten für Drogenkuriere auszutesten. Denk an die Konserve hinter der Stoßstange! Und Fischfabriken, die – wie die von Magnussen – in alle Welt exportieren . . . Wobei wir wieder bei Yilmaz wären. Aus den Passagierlisten geht eindeutig hervor, daß er des öfteren in einer Maschine saß, mit der auch van Holt oder Fujita geflogen sind, nicht nur an dem Tag, als Suzuki aus dem Fenster stürzte!

Yilmaz und Mustafa arbeiten für Kokubo, Jost.«

Ich drehe mich auf die Seite. Ein Schleppkahn schiebt sich in die Flußmitte. Er liegt tief im Wasser, hat Kies oder Sand geladen. Ein Hund sitzt auf dem Dach des Steuerhauses. Der Kajakfahrer schneidet geschickt die Bugwelle des Frachtkahns.

Es fällt mir schwer, meine Gedanken zu ordnen.

Yilmaz und Mustafa, Mustafa und Yilmaz. Und immer

wieder die gleiche Frage: Welche Rolle hat Magnussen in dem Spiel? Er ist alles andere als ein Naivling. Spätestens als ich Livia von meinem Gespräch mit Esbeck und Hofmann in der *American Bar* des *Adlon* berichtet habe, muß er gewußt haben, daß Kokubo ein yakuzakontrollierter Konzern ist. Eine Andeutung seinerseits Fujita gegenüber, und schon stand auch ich auf der Abschußliste. Was hat ihn veranlaßt, an Snowstar zu verkaufen? Geldgier? Oder hat man ihn sogar zum Veräußern *gezwungen*? Falls ja, weshalb? – Erpressung? Dann doch wohl nicht wegen eines illegal erworbenen Teppichs! Oder waren seine Unternehmen gar nicht so solide, wie es den Anschein erweckt hatte? Ist das dann womöglich der Grund, daß er die ILT-Geschäftsführung übernimmt – falls die Gerüchte stimmen?

Fragen, Fragen, Fragen. Ich schließe die Augen.

Ich erwache, als die Fahrstuhltür schließt. Dann wird das Wägelchen über den Flur geschoben, mit dem der Pfleger Andreas den Morgentee bringt. Ich schaue auf die Uhr: halb neun. Es ist ein sonniger Morgen.

Es klopft. »Herr von Warberg?«

»Bitte, Andreas. Ich bin schon wach.«

Er rollt das Wägelchen neben mein Bett. »Wie geht es Ihnen heute?«

Ich recke mich. »Ich denke, wieder etwas besser.«

Andreas nickt befriedigt. »Das freut mich. – Herr Ökan wartet übrigens unten. Er wußte nicht, ob Sie noch schlafen.«

»Bestellen Sie ihm, daß ich schon wach bin – und lassen Sie eine Tasse Tee für ihn hier.«

»Darjeeling oder Assam?«

»Ich glaube, er bevorzugt Assamtee.«

»Möchte Herr Ökan vielleicht auch mit Ihnen frühstükken? Wenn, dann sage ich gleich in der Küche Bescheid.«

»Fragen Sie ihn! Ich weiß es nicht.«

Andreas schließt leise die Tür. Wenig später klopft es erneut.

»Jost?«

»Komm rein!«

Ali setzt sich auf die Bettkante. Er wirkt nachdenklich.

»Was ist los, Ali, bist du aus dem Bett gefallen? Wolltest du mich nicht von der Lobby aus anrufen, bevor du herkommst?«

»Das hat sich erübrigt, Jost. Sie sind alle gegen sechs Uhr abgereist. Ich habe es vom Nachtportier erfahren.«

»Was erzählst du da?«

»Weg. Alle. Magnussen, Fujita, Mustafa und Livia.«

»Du spinnst! – Livia auch?«

»Livia auch.«

Ich greife in Zeitlupe nach meiner Tasse, als das Telefon klingelt.

»Ja?«

Es ist der Pförtner. »Herr von Warberg. Besuch für Sie. Eine Frau Magnussen.«

»Bitte!« vermag ich noch zu sagen, dann rutscht mir der Hörer aus der Hand.«

Ali schaut mich besorgt an. »Wer?«

»Livia!« stammle ich.

Ali nimmt seine Tasse und verschwindet wortlos im Bad.

Der Fahrstuhl hält.

»Hier!« sagt Andreas und öffnet meine Zimmertür.

»Livia!« Ich richte mich auf. Der Pfleger zieht die Tür behutsam hinter ihr zu.

Sie kommt langsam an mein Bett und schüttelt den Kopf. »Was machst du bloß für Sachen, Jost!« Sie gibt mir einen Kuß auf die Stirn. »Mein Armer! Wenn ich vorhin nicht zufällig Neumann-Lechner beim Frühstück im *Adlon* getroffen hätte, würde ich jetzt in Tegel einchecken.«

Ich blicke ihr in die Augen. Sie weicht meinem Blick aus und greift nach ihrer Handtasche. »Darf man hier rauchen?«

»Natürlich.«

Sie holt eine Zigarettenpackung aus der Handtasche und stellt die geöffnete Tasche auf den Nachttisch neben meine Teetasse. »Du auch?«

»Nein, danke. Vielleicht später.«

»Neumann-Lechner meinte, du hättest großes Glück gehabt.« Sie lächelt mich an.

»Ja, es war knapp.« Ich sinke ins Kopfkissen zurück. Meine Gedanken beginnen zu rasen.

Mein Gott, sie lügt – und sie lügt lächelnd!

Livia beugt sich plötzlich über mich und bedeckt mein Gesicht mit Küssen. Dann setzt sie sich auf die Bettkante.

Ich richte mich wieder auf und taste nach meiner Teetasse.

»Stop, Jost!« Ali steht in der Badezimmertür. In der einen Hand hält er eine Pistole, die Mündung ist auf Livia gerichtet, in der anderen hat er den Monitor. »Laß den Tee stehen!«

Livia springt auf, aber er schneidet ihr den Weg ab.

»Setz dich!« Der Pistolenlauf deutet auf einen Sessel neben dem Nachttisch.«

Sie gehorcht widerstrebend.

»Nimm ihre Tasche, Jost!« Er stellt den Monitor auf den Nachttisch. »Falls du die Kamera suchst, Livia, sie steht draußen auf der Veranda.«

Livia hat die Lippen aufeinandergepreßt und schweigt.

Der Monitor zeigt Alis Rücken.

Ali spult das Videoband zurück. Ich sehe Livia, wie sie sich über mich beugt und mit Küssen überhäuft. Aber ich sehe auch, daß ihre rechte Hand gleichzeitig erst über meine Teetasse und dann in die Handtasche gleitet.

Alis Stimme ist schneidend. »Ich denke, dieses Video, in Verbindung mit der Bakterienkultur in der Tasse, hat vor jedem Gericht der Welt Beweiskraft.«

Livia ist kreidebleich geworden und krallt die Finger in die Sessellehne.

Ich schütte den Tascheninhalt auf die Bettdecke. Eine Plastik-Pipette, wie man sie von Nasentropfenflaschen kennt, glänzt feucht.

»Das wird es sein«, sagt Ali.

»Jost, ich . . .« Sie springt auf.

Ali drückt sie in den Sessel zurück. Sie beginnt zu zittern.

Ich schaue Ali an.

Er beißt die Zähne zusammen, errät, was ich vorhabe – und zuckt mit den Achseln.

Ich sage leise: »Livia?«

Sie schaut hoch.

Dann kann ich nur noch flüstern.

»Verschwinde!«

EPILOG

Qala, Gozo

Lieber Ali,

ich habe gestern lange mit Esbeck telefoniert und sehe jetzt vieles klarer. Livia brauchte um jeden Preis Insider-Infos von ILT, um Esbecks Informanten Suzuki zu enttarnen. Seitdem er bei Kokubo eingeschleust worden war, wußte man, daß Fujita zusätzlich zu den Geldwaschaktionen in Europa den Aufbau einer Drogenpipeline Türkei/Skandinavien via Kastellorizon plante. Van Holt hat O. M., Livia und Fujita zusammengeführt. Magnussen stand kurz vor dem Bankrott. Er und Livia hatten die Wahl, den Lebensstandart drastisch zu reduzieren oder ins Drogengeschäft einzusteigen. Ihre Geldgier siegte. Du erinnerst dich an die Konservendose hinter der Stoßstange? Sie stammt aus der Århuser Fischfabrik von Magnussen. Mustafa und Yilmaz kümmerten sich um Vertrieb und Transport der Dosen. Im Januar fiel bei Kokubo dann die Entscheidung, sich an ILT zu beteiligen, um unsere Logistik mit Magnussens zu kombinieren. Etwa zeitgleich begannen die Schwierigkeiten mit der Kastellorizon-Route. Kokubo vermutete mit Recht eine undichte Stelle im Haus, und Livia wurde auf mich angesetzt. Als Yilmaz Professor Müller im *Hasır* sah und wenig später Doktor Rönneberg am Limfjord auftauchte, konnten Fujita und Co. nicht mehr an Zufall glauben. Und dann habe ich Livia von dem Treffen der Esbeck und Hofmann in der *American Bar* erzählt! Daraus mußten sie zwangsläufig folgern, daß auch ich mit von der Partie war. Trons Recherchen in Århus haben ergeben, daß Livia ausgebildete Lebensmittelchemikerin ist. Es war eine Leichtigkeit für sie, Botulismusbakterien anzuzüchten und mir auf der Party zu verabreichen.

Tja, mein lieber Ali! Da sitze ich also mitten im Mittelmeer und versuche, neuen Boden unter die Füße zu bekommen. Es wird dauern. Allein die räumliche Entfernung zu Århus und Berlin ist Balsam für meine geprügelte Seele. Nur an manchen Abenden, wenn ich auf meinem Lieblingsplatz unter der Platane sitze und die gelben Laternen gegenüber auf Comino mich an Kastellorizon erinnern, ist der alte Schmerz wieder da. – Livia! - Sie hat mit mir gespielt wie die Katze mit der Maus. Aber der Vergleich hinkt, denn die Maus weiß, daß es ihr an den Kragen geht, ich indes war vermutlich der ahnungsloseste Trottel, den die Welt je gesehen hat.

Jost